귀를 씻다

귀를
씻다

시인수첩 시인선 041

이선식 시집

문학수첩

그곳은 멀고도 아름다워 아주 느리게 가야 하는 곳

죽기 전에 시인이 되었으면 좋겠다

고 생각하던 때가 있었다

더 무엇을 바라겠는가

사랑의 기척이 아닌 시(詩)가 어디 있으랴

다시 한 기별의 배가 되어

외따롭고 적막한

당신의 섬에 가닿기를

2020년 가을 금악리 세이헌(洗耳軒)에서

이선식

|차례|

3부

해설 | 이승우(소설가)
시, 신이 쓴 사랑의 편지─이선식의 시집 『귀를 씻다』· 130

1부

어린 목동

겨울이 되자
하늘 꼭대기 목초지의 양 떼들이
마을로 내려온다
대오도 없이
부모 자식이 섞여서
암컷 수컷이 섞여서
매~애애 매~애애
세상이 떠나가도록 즈들의 노래를 부르면서

마을이 보이자 누군가 수기(手旗)를 흔들었으리
시인이 될 아이가 잠든 밤
잠든 아이가 깰까 봐
일제히 입을 다물고 숨죽여
하늘 꼭대기 목초지의 양 떼들이
마을로 내려온다

자기 앞의 생*

옥수수 잎이 까딱까딱 바람의 혀를 자르고 있다

적막이 멍석을 펴고 오수(午睡)를 즐기는 그늘
평상에 나타난 그림자 하나 졸다 깨다

호랑 무늬 고양이가 집중하고 있다
최대한 자세를 낮추고 미동도 없이 도사린 채
틈바구니 어두운 그늘 속에는
겁먹은 깨알만 한 작은 눈동자가
생의 벼랑에 서서 공포에 질려 있을 게다
피차 생존이 걸린 숨 막히는 순간
수탉이 있는 대로 목청을 뽑자
팽팽했던 긴장이 와르르 해제됐다

어디서 탁주 한 사발 하자는 기별도 없이
날이 저문다

* 로맹 가리의 소설 제목에서 빌려 옴.

하루

날씨가 잔뜩 흐려 있다

간간이 황사를 머금은 비가 뿌리기도 했다

전날의 과음으로 느지막이 사무실에 나가 짬뽕을 먹
었다

홍합은 지나치게 많았고 조갯살도 포동포동했다

굴다리 아래를 짙은 그늘이 드리운 여자가 느리게 걸
어간다

다가가 뭔가 위로의 말을 해 주고픈 분위기를 풍긴다

그 여자를 쳐다보다가 하마터면 앞차를 박을 뻔했다

가까스로, 가까스로 위기에서 벗어난 적이 어디 한두
번이던가

라디오에서 아바의 '치키티타'가 흘러나오고 있었다

저물어 가던 70년대 칙칙한 풍경이 음악을 배경으로
인화되고

돌아갈 수 없는 과거가 옛 애인처럼 물끄러미 바라보
고 서 있다

다시 돌아갈 수 있다면 선로를 바꿔 다른 도시에 도착
하고 싶어

양악에 잔뜩 힘이 들어가고 있었다

어디서 정화조가 터졌는지 장안에 냄새가 진동한다

제 다리를 잘라 신전에 바쳤다는 제사장을 아직 보지
못했으니

분이 풀리지 않은 신은 온몸에 똥을 뒤집어쓰고 날뛰는

수퇘지를 장안에 풀어놓을 것이다

답답한 현실을 만드는 일이 어디 한두 가지인가, 청문
회에서

부정한 행위들이 몽땅 드러날 때까지 버티는 인사는

구정물의 수위가 코밑까지 차오른 꽉 막힌 하수구 같다

월급날이 다가오고 있다

월급이 외상값처럼 쌓여 간다

숨이 턱 막히는 진공관, 회사를 나오면서

애써 태연한 척 가까스로를 기다리고 있다

타이어가 펑크 났네요! 정비사가 말했다

못이 두 개나 박혔어요 빨리 오시길 잘하셨습니다

세상도 어딘가 펑크 난 채 굴러가고 있는지도 모른다

봄눈 녹듯 세상의 채무도 사라지는 꽃피는 봄날을 꿈

꾸며

　활보하는 잠재적 범인들을 스치고 무사히 집으로 돌
아왔다

　구린내와 황사가 덮친 장안에 꽃이 피고 있었다

신화(神話)

하늘의 신이 빛이라 불리는 투명한 작대기로
"눈을 감아도 그리운 얼굴이 명멸하여
수백 페이지 불면의 밤은 한 권의 서책이 되었소
그대 집 앞
은하수 건너는 나무다리 난간 위에 올려놓았으니
가져가 심심한 날 펼쳐 보시오"
라고 대지 위에 끄적거려 놓았다고 한다
우린 그 연서를 꽃이라 부른다
꽃은 신(神)들의 시(詩)이다

속계의 어느 시인이 봄산에 올라
여간해선 눈에 띄지 않는다는 시어(詩魚)*를 찾아
꽃 포기를 뒤적거리다가
신발을 벗어 놓고 그만 잠이 들었다
그때 마침 붓을 들고 시를 써 내려가던 신이
꽃잎 가마 같은 물건을 발견하고
슬쩍 발을 넣어 보았다
넣어 보니 구름 신발하고는 또 다른 느낌이라

그냥 신고 가 버렸다지
맨발이 된 시인은 꽃들을 밟고 절며 절며
마을로 내려와 몇 날 며칠 꽃불 난 발을 앓았다
그런 일이 있은 후 그의 걸음걸음마다
백치의 시가 피어났다는 이야기가 전해 온다

* 죽은 시어(詩語) 말고 살아서 펄떡펄떡 뛰는 시어(詩魚).

나무와 광부(鑛夫)

나뭇가지들이 허공의 지층을 파고 들어간다
허공은 얼마나 견고한지 일 년 내내
일 미터도 전진하지 못한다

나뭇가지 좁은 갱도 속 광부(鑛夫)들은 한 번도
밖으로 나오지 못하고 갱도 속에 뼈를 묻었다
대낮의 칠흑 속에서 빛의 광맥을 찾는 나무다 나는

너는 멀고
가닿아야 할 깊이를 모르니
흰 날들의 향방이 캄캄하다

꽃,
해마다 단 한 번 허락된 등불을 밝혀 길을 찾는 측량
그리고 또 한 해 나의 완성인 너를 찾아
마지막 뼈를 꺼내 허공 속 갱도를 판다

흰죽 같은 말 한술

저기 상처투성이 짐승 하나 온다

머리가 반백이니
보이지 않는 상처가 더 깊구나

노여움도 웃음으로 눙칠 줄 알 나이지만
몸은 이미 돌덩이 같은 구한이 한 짐이요
울음을 참듯 꾹꾹 눌러 재운
푸른 서슬이 한 보따리다

새된 바람만 파리한 가슴을 파고드는
허기의 저녁

뜨겁게 안아 줄 수 없다면
마른 나뭇잎처럼 오그라든 귓속으로
흰죽 같은 말이라도 한술
떠 넣어 줘야 하리

백 년 만에 내리는 눈

때론
사는 일이 다 시시하고 부질없다고 느껴질 때
그럴 일 없겠지만
첩첩산중 홀로 사는 시인을 찾아
그녀가 다니러 오는 날
백 년 만에 내리는 눈
눈도 눈도 그런 본 적도 없는 눈이 내리고
세상과 통하는 길이 다 끊어졌으면 좋겠다
먹는 일도 잊어버리고
이불 속에서 서로의 살이나 파먹으며
몇 날 며칠
벌레처럼 꿈틀꿈틀 파고들어
생애 이전으로 돌아갔으면 좋겠다

까마귀공회당

다시 눈이 온다

가지마다 얹힌 눈들이 동정을 단 듯 희다

까마귀공회당 같았던 밤나무가

오늘은 직박구리 이장들을 초대했다

직박구리 댓 마리 날아와 쉬다 간다

내 팔이며 무릎에 앉아 쉬다 간 이들 몇이던가

얼룩도 똥 자국도 없는 집을 사람의 집이라 할 수 있나

온몸에 분별의 가시를 달고 살았구나!

밤나무가 넌지시 지나가는 말처럼 한마디 한다

수탉

닭장엔 수탉이 두 마리 암탉이 열 마리다
봄이 오자 암탉들은 수정란을 쑴풍쑴풍 잘도 낳았다
수탉 두 마리 중 한 마리는 덩치가 산만 한 마초요
한 마리는 왜소한 순둥이다
종의 번식에 관한 한 수컷들의 세계는 냉혹해서
암탉 열 마리는 당연히 마초 수탉 차지고
순둥이는 암탉 근처에는 얼씬도 못 한다
하루는 순둥이 대가리가 피투성이가 되도록 마초에게
당했다
홰 귀텡이 작은 공간으로 쫓겨난 채 살아가는
순둥이는 그래도 암탉 생각이 날 때면
몰래 내려와 구애를 하기도 하는데 그러다 또
피투성이가 되도록 얻어터지고 홰로 도망친다
내가 그 현장과 마주쳤을 때 부아가 치밀어 작대기로
그놈을 있는 힘껏 후려쳤다
열 마리의 암탉을 그림의 떡 보듯 살아가는
순둥이를 보는 것이 꼭 나를 보는 것 같았기 때문이다
금방 죽을 것처럼 눈을 뒤집고 쓰러져 숨을 몰아쉬던

놈은 여전히 반성도 없이 한 마리의 암탉도
순둥이에게 허락하지 않겠다는 태세로 살아간다
나의 처지를 다 안다는 것일까?
내가 나타나면 대가리를 꼿꼿이 치켜들고 으스대듯
열 마리의 암탉을 거느리고 서서
허우대를 부풀려 허풍을 떨어 대는 것은

오후

버드나무 가지 끝에 녹(綠)물이 번지고 있다
녹물이 맺히는 나무 밑을 지나 할머니가
연못 둘레를 벌써 몇 바퀴째 돌고 있다
왜가리들이 모래톱에 올라 털을 고르고 있다
어디서 애인이라도 하나 툭,
떨어질 것만 같은 예감이 부르면 교외 카페에 나가
무작정 기다려 보는 오후가 찾아온다
왜가리 한 마리가 무리로부터 멀찍이 날아가 앉는다
외로움이 결핍될 때 권태 증후군이 나타난다
정오를 팽팽하게 인장하던 기타 줄의 선율 같은
사랑도 목마름의 나날도 다 지나갔다
왜가리들은 꼼지락거리며 무료함을 즐기지만
허무라든가 배신이라든가 영원 같은 개념들을
만지작거리며 나는 우울한 미루나무 같다고 생각한다
할머니는 아직도 구부정한 자세로 생의 태엽을 감고
있다
한 바퀴에 하루씩 생의 나날이 저축되는 거라면
쌓인 여생을 가난한 노인들에게 나눠 줄 수도 있으리라

생은 왜 하나의 멋진 문장처럼 완성될 수 없는 것인가
언어의 반죽을 주물러 수타면을 잘도 뽑는 시인들은
유명 반점의 주방장이 되었다
마침표도 찍기 전에 나의 면발들은 자꾸만 툭툭 끊어
지는데
연못은 서서히 짬뽕 국물처럼 붉어지기 시작한다
흘러내린 권태의 바지, 연못 둘레길이 헐렁해지고 있다
내일은 꽃들이 묵은 계절을 지나쳐
오전의 봄나무에게로 달려가 다닥다닥 매달릴 것이다

비를 맞는 문장들

세상의 슬픔들이 몰려가고 있다
라고 생각하자 기다렸다는 듯이
장대비 속에 낯선 문장이 서성인다
비는 더욱 거세게 내리고
낯선 문장의 친구들이 하나둘 모여들었다
엉망으로 젖은 흥건한 문장들

나는 문장들을 데리고 들어와 젖은 몸을 닦아 주고
따끈한 커피를 건넸다
그러자 즈들끼리 대오를 가르고 자리를 잡더니
이런 문장이 되었다

우리는 결코 펜 끝에서 태어나지 않는다
누가 우리를 박제된 표본으로 백지 위에 진열하는가
우리는 다만 모든 가능성의 기운으로 편재하는 천공
의 침묵
존재와 비존재의 공간을 유영하는 살아 있는 생물이다
표현하는 순간 그것은 우리의 묘지명인 것이니

무한정 퍼 쓸 수 있는 것이라고 함부로 죽이지 마라

안개는 대지가 꾸는 몽상
나무와 집과 나그네를 삼켰다가 뱉어 버린다
안개의 숲에서 미래의 애인이 어른거렸지만 그건
몸에 아무것도 걸치지 않은 젖은 문장이었다
섹시하고 아름다워 혼절할 지경이었다
빗속을 빠져나온 바람이 냉기를 뿜는다
어둡고 긴 동굴 속에서 홀로 죽어간 혼백의 한숨
같은 냉기는 키보드 위에서 질식한 문장들이
이승을 떠돌고 있다는 증거다
백지에 옮겨지는 순간 문장은
물 밖으로 꺼내 놓은 물고기처럼

죽는다 비가 그치고
두꺼운 책갈피 속에 압화(壓花)처럼 문장들이 안장된
공동묘지 한 권이 배달된다
한 번도 소비된 적 없는 문장들이 서가에 꽂혀 있다

가난

당신 생각이 저렇게 두서없이 흩날려도 되는 것일까?

속절없이 또 눈발은 날리고

산골버스에서 내린 한 낯선 여인이 눈길을 걸어가네

한겨울 산간벽지에 손님이 찾아오는 일은 부귀영화보
다 따사로운 호사

가난이 어찌 배고픔뿐이랴

나는 먼데 사람이 궁금해 손바닥으로 눈을 받아 눈점
[卜]을 쳐 본다

손바닥에서 녹은 눈이 방울지면 그도 나를 생각하는
거라는 속설

가진 거라곤 적막뿐인 집에 산까마귀들이 내려와 왼종

일 부산을 떨다 갔다

　이내 뱀처럼 긴 밤이 와서 차갑게 식은 나를 삼키고
오래오래 뒤척일 것이다

관중(貫衆)

프리다운 끈끈이에
암컷 파리를 잡아 붙여 두면
수컷 파리들이 날아와 붙었다

시골 다방에 예쁜 마담이나
레지가 새로 왔다는 소문이 나면
노소불문하고 남자들이 꼬였다

한때 남자 꽤나 따르던 여자로 살다
사람으로 돌아온 노파가
부끄러운 기억을 솎아 내듯 텃밭에 앉아
김을 매고 있다

남들은 밭이랑 땡볕에 앉아 땅을 파는데
글 이랑에 앉아 죽은 이들의 뼈마디나
만지작거리는 일도 쉬운 일은 아니라고 위무하며
깻잎장아찌 네 장과 돌나물 물김치에 밥을 먹고
다시 책갈피 속으로 숨는다

세상은 바뀌어
마담이나 레지가 있는 다방도 사라지고
객쩍은 농담도 죄가 될 수 있는 시대에
어디 날개라도 파닥거려 볼 데 없는 촌구석에서
따분에 섶이나 주다가

이파리가 과녁에 꽂힌 화살 같다고 붙인 이름
숲으로 들어가 우산처럼 펼쳐진
관중이나 들여다보다 돌아온다

이 낡고 무딘 화살도 과녁이 그리울 때가 있다는 듯

봄은 어떻게 오는가

나비가 날아왔다
나풀 나풀 나풀
슬픈 곡예처럼 휘청거리며
떨어질 듯 떨어질 듯 허방다리 짚으며
나비가 메고 온 자루 속엔
물이 뚝 뚝 뚝 떨어지는 흥건한 꽃들

꽃이 아름답게 보일수록
수천 길 물잠 자는 가위눌려 보라고
아니 아니
영문 모를 불귀를 외면하는 사팔뜨기들아
실컷 꽃구경이나 하라고
이 꽃이 무슨 꽃인 줄이나 알라고
꽃폭탄을 쏟아붓고 있었다

사월이었다

2부

사랑의 인사*

아픈 바람이 나뭇잎을 덮고 뒤척이는 밤
창백한 달빛이 바람의 이마에 손을 얹어 봅니다
미열, 아니 신열
바위에 이마를 짓찧고 돌아온 밤
나뭇가지에 울음을 널고 몸져누웠습니다

곧 눈이 오겠지요
철 지난 사랑은 눈 속에 묻히고
명년 봄 소문처럼 꽃이 피어날 겁니다

나는 저 신열의 뒤척임을 알 것 같습니다

봄에는 홍매화를 얻어다 뜰에 심을 겁니다
매화가 당신을 닮은 건지
당신이 매화를 닮은 건지
내 이마는 달았다 식었다 세월은 가겠지요

잘 가요 내 사랑

당신 없는 봄

꽃들은 지지도 못하고 가지 위에서 말라 갈 겁니다

* 에드워드 엘가의 곡명에서 빌려 옴.

파안대소

어깨를 들먹이며 울던 항아리가
밤새 울고 아침나절 또 울먹이던 항아리가
뒤꼍 모퉁이에 곤두박혔던 버림받은 항아리가
이리저리 수상하게 기웃거리던 나와 눈이 마주치고
눈물 그렁그렁한 눈이 마주치고
앞뜰 화단에 뉘어 수련을 들이니
진분홍에 노랑 수련이 피었다

수련을 들여다보며 하얀 틀니 드러내고 어머니가 웃고
그런 어머니를 바라보며 늙은 아들이 웃고
집이 웃고 밤낭구가 웃고
밤낭구에 내려앉은 참새들이 사기종재기처럼 웃고
먼발치 둘러선 산들이 쩌렁쩌렁 웃는다

돌아온 메아리를 받아 깨진 항아리가 마저 웃으니
마당에 웃음이 고봉이다

문장채집

속초 북쪽 바닷가에 문장채집을 나갔다가
뒷골목 초라한 난전에서 만난 좌판 바구니에
매혹적인 꼬리만 살짝 보이는 문장을 발견하고
노파에게 물었다
그 문장은 얼마요?
이것은 돈으로 사고파는 물건이 아니오
대답이 돌아왔다
그럼 어찌해야 얻을 수 있단 말이오?
이 영물은 자신이 숨 쉴 곳을 스스로 안다오
곤한 잠의 어둑새벽 소리 없는 부름을 듣는 혼의 촉이
라든가
마음이란 연못에 살다 떠난 물고기가 그려 놓은 영선(泳
線)을 보는 눈과
별들의 독백을 청음할 수 있는 귀를 동시에 가진
선험이 성립되는 순간 시공을 초월해 그곳에 나타난다오
그 순간은 아주 짧아서 별이 눈 깜박하는 찰나의 섬광
같은 것이라오
준비되지 않은 이는 알 수도 없거니와 놓치기 일쑤지요

그나저나 그대 눈에 나와 이 물건이 보인단 말이오?

순간 바구니 덮개가 열리더니 물고기도 새도 아닌 것이

헤엄치듯 날아가듯 골짜기 쪽으로 순식간에 사라지는
것이었다

아, 비선대 어디쯤 이상국 시인이 탐문(探文)을 하는 게
로군

짐작이 왔지만 나는 일부러 찾아가지 않았다

남의 어장에 가서 그물을 훔치다 들킨 사람처럼 낯이
뜨거웠지만

속이 울렁거리고 배가 아픈 것은 어쩔 수가 없었다

대물의 주인이 된 그를 부러워하며 나는 영(嶺)을 넘었다

길 잃은 바람

뻐꾸기처럼 떠나왔었지
반백이 되어 찾아간 유년의 땅
얼굴을 기억하지 못하던 고향엔 지금쯤
비알밭 마른 콩잎 위로 짧은 해는 지고 있을 게다

검은 비닐봉지와 나뭇잎들 구겨진 파지들
초면의 길 잃은 얼굴들끼리
뱅글뱅글 맴돌며 술래잡기하는
골목 안 빌딩 모퉁이
날은 차고 어두워 오는데 고개를 주억거리며
벤치에 우두커니 앉아 바라보는
작은 보따리 하나
소용돌이치는 유년의 기억 속으로
어질어질 들어가고 있다

물길 내던 할머니

비 오는 날 산길에서
쪼그리고 앉아 무언가 하고 있던 할머니
몇 발짝 비켜 지나치며 보았다.
길바닥 아무렇게나 흐르는 벌창에
물길을 터 주고 있었다.

가슴을 아무렇게나 풀어헤치는 것이 아니듯
함부로 삶의 고삐를 놓아서도 안 된다.
너도 이젠 되는대로 흘러가는
삶의 방법을 바꿔야지
가슴을 풀어헤치고 낭자하게 흐르는
물줄기를 가지런히 모아 길을 열어 주던 할머니

작은 물이 골짜기를 내려가 큰 강이 되고
좁고 거친 길이 산을 내려가 사통팔달 큰 길이 된다.
지금 보잘것없다고 지레 포기하지 마라
아름드리나무도 처음엔 아주 작은 씨앗이었다.
새끼 키운 가슴으로 여린 몸을 다독이고 있었다.

바람의 정석

   몸 빠져나간 옷이 습관처럼 스텝의 기억을 되살리고
있다
   앞으로 뒤로 감고 풀고 원피스가 춤을 춘다
   상대가 누구인지 보이지 않는다
   치맛자락을 허벅지까지 슬쩍 들어 올렸다가 내리기도
하고
   하는 품새로 보아 보통으로 굴러먹은 여자가 아니다
   때론 격렬하게 때론 부드럽게 밀고 당기고
   슬로슬로 퀵퀵

   허리춤을 감아 안고 밀착시켰다간 풀어주고
   가슴골 속으로 훅, 뜨거운 입김을 불어넣기도 하고
   치명적인 스텝의 능수능란, 파트너의 몰입 삼매로 보아
   여자 한둘 울린 솜씨가 아니다
   바람옷을 입고 와서 한 여자를 잡았다 놓는
   저 기술이야말로 바람의 정석이다

   사랑은 본래 밀고 당기기의 기술

다짜고짜 표적의 중심을 겨누고 돌진하는 건

닥치는 대로 수렵하겠다고 덤비는 천박한 사냥꾼의 습
성

변죽을 울려 중심에 도달하듯 목적하는 바 주변을 맴
돌며

외곽부터 툭툭 건드려 줄 것

사무칠수록 스치듯 멀어질 것

선수들의 스텝은 늘 뻔한 공식, 하지만 짐짓

사랑해 영원히, 나는 네 몸에 꼭 맞는 천 벌의 바람옷
어서 입어 봐!

혀에서 탄생한 구슬을 귓속으로 또르르 넣어 주는 것

바람과 엉겨 절정으로 치닫던 원피스

한 가닥 저 지켜 주던 자존의 줄을 놓고 무너지네 바
닥에 눕네

한바탕 일면여구의 풍류가 끝나고 바람이 돌아가자

담장 옆에 구겨진 원피스 어깨를 들썩이네 서럽게 흐
느끼네

생산적인 너무나 생산적인

단어들로 채워진 베개를 베고 잤다
밤새도록 귀에서 귀뚜라미가 울었다
반목하는 단어들은 문장이 되지 못했다라고 그는 생각한다

외로운 날은 거리에서 스친 치마폭 꽃무늬 이불을 덮었다
꿈들의 난투극이 벌어졌고
이불 밖으로 쫓겨난 잠들이 구석에서 오들오들 떨었다라고 그는 생각한다

반짝이는 생은 어느 가방에 넣어 들고 다녀야 하나
저 작은 가방에 들어갈 수 있도록 작아질 수만 있다면
쇼윈도에는 여전히 작은 핸드백들이 걸려 있었고 그녀는
더 작게 더 반짝이도록 자신을 마모시키는 중이다라고 그는 생각한다

도대체 이 삶으로 이루고자 하는 것은 무엇일까?
사람들은 신의 의중을 훔쳐보려고
더 깊은 미궁 속으로 들어갔지만 다가가서는 안 될 신성
불가역의 우물 속으로 지문(地文)을 찾아 떠난 사람들은 아무도
돌아오지 못했다라고 그는 생각한다

왜 동백은 추위 속에 피어 붉은 입술을 오들오들 떨고 있나
사람들은 또 심오한 사유의 열매를 매달려고
개미처럼 나무를 기어오르겠지만
지겨워 지겨워 진저리 치는 동백나무
자른 제 귀와 함께 후두둑 땅바닥에 내동댕이치는 거라고 그는 생각한다

오늘은 휴일, 오랑의 소란스러운 거리를 걷다가 언덕 위 산타크루즈의 사슴빛깔 햇살 속을 죽은 그르니에와

산책을 하는 중이다 지중해가 내려다보이는 언덕에서
"그르니에 씨 당신이 말한 '작업의 무익한 시간을, 게으
름의 생산적인 시간을 배워야 한다'고 몽상한 것은 여기
어디쯤에서였나요?"라고 질문했다고 그가 생각하자 그는
공중부양 됐고 풍선처럼 하늘 끝까지 떠올랐다가 이내
내동댕이쳐졌다

　나는 진종일 빈둥거리며
　몽상가에게 방을 빌려주고 그가 혼자 노는 모습을 물
끄러미 바라보고 있다

월명리(月明里)*

　내 가슴속에 언제부터 담수가 시작됐는지 면경처럼 달빛을 반사해 나를 깨우는 호수. 어느 날, 내 마음이 어디론가 엎질러지고 싶어 안달이 나던 바로 그날, 나는 정말로 엎질러지고 있었네. 엎질러진 물처럼 다시는 떠나지 않기 위해 돌아오지 않겠어! 돌아온다는 것이 어디론가 다시 떠날 준비와도 같은 것이라고 붙잡아 둘 수 없는 바람과의 연애 시절 바람이 내게 가르쳐 주었지.

　몇 마리 강아지를 거느린 어미 개가 보이지 않는 그 큰 호수를 지키고, 전조등을 끄자 빛 뒤에 숨어 있던 호수가 보석처럼 별이 박힌 치마를 펼치고 시원을 품고 있다. 밝음이란 시야를 근경에 붙잡아 매는 동아줄이다. 잔잔히 내 가슴속에 잠들어 있던 호수가 출렁, 가슴의 제방을 넘어 치마 위로 쏟아진다. 내 마음의 소란이 소음경사를 따라 급류를 만들던 물길, 나를 부르고 있던 실체 고요의 군집이여, 탕아를 끌어안는 모성의 밤이여

　고요함을 요란스럽게 찢어 대는 「전자식 전격살충기」.

불빛에 현혹되어 날아와 붙는 순간 타 버린다. 가산이 거덜 나는 난봉질의 최후처럼 머리와 날개와 다리가 분해된다. 매력이란, 끌림이란, 꼭 그만큼의 독성도 함께 갖고 있다. 서울의 밤은 거대한 유혹의 저수지이다. 가면무도회이다. 욕망이 불을 켜고 질주하는 밤의 대로들, 이승의 마지막 날을 즐기듯 불길 속으로 달려드는 부나방들, 거리에서 소멸하는 나날들, 나는 그 거리를 떠났다.

방 안에 들어와 불을 밝힌다. 어둠이 소스라치며 한 발짝 뒤로 물러서고, 용케도 빈틈을 찾아 들어와 전등을 향해 달라붙는 불빛의 신도들, 내 잠의 은막 속으로 숨어들어 순한 꿈의 꽃잎을 파먹는 벌레들, 밖에선 주인 내외가 두런거리는 두 음색이 씨줄과 날줄이 되어 이 밤의 무늬를 짠다. 남자는 여자에게로 스며든다. 낮은 밤의 아늑한 방으로 스며들고 밤은 낮의 상처를 핥는다. 늪이 풀어놓은 안개가 끝내는 숨은 나를 찾아내고야 말겠지만, 여기서는 고요가 두 평 반 방 안에 들어와 옆자리에 눕는다. 내일이면 다시 낚시에 걸린 물고기처럼 서

울로 딸려 갈 때 묻은 영혼을 치대고 헹구며 물빨래하는
분주한 달빛.

슬픔의 총량

새들은 두려움도 없이 하늘 높이 치솟아 오른다
나무는 자신이 쏘아 올린 새들을 받아 주기 위해 올해
도 키가 한 자씩이나 자랐다

누구나 몇 개의 주머니를 가지고 있다
오늘은 식당에서 큰 소리로 종업원을 야단치는 사람을
보았다
포용의 주머니가 아주 작은 사람이었는데
그만 그날의 용량이 넘쳐 버리고 만 것이다
어떤 작가는 남는 음식이 있으면 문을 두드려 달라는
메모를 현관문에 붙여 놓고 죽어 갔고 어느 자살자는
밀린 월세와 공과금을 메모와 함께 남기고 세상을 등
졌다
그들이 가진 주머니보다 너무 큰 슬픔이 덮쳐 와서
넘치는 슬픔을 어떻게 추슬러야 할지 도무지 방법을
찾을 수 없었을 것이다
은하의 골목을 헤매다 간신히 찾아왔을 꽃들의 성급
한 낙영(落英)

갑자기 낭떠러지로 사라지는 길들

왜 사람들이 꿈꾸는 세상은 난공불락의 산 뒤에 감추어져 있는가

이 별은 나를 만나기 위해 영겁을 기다렸다

먼 미래에 나를 찾아올 이의 손을 잡아 줄 최선의 방법을 알려 다오

낭떠러지 앞에서 자신의 길을 그러쥐고 울고 있는 그대여

그대에게 오기 위해 먼 별을 떠난 빛은 길을 잃고 암흑이 되겠지

이 지상에 똑같은 꽃은 하나도 없다

살아 있는 모든 것은 살아 있다는 그 단 하나의 힘만으로도 얼마나 아름다운가*

백발의 노부부가 이제 다 왔다는 듯 평생이 걸린 나무 그늘 밑 벤치로 느리게 걸어간다

멧비둘기 한 쌍이 인간들이 흘린 근심 부스러기를 쪼

다가 산으로 돌아간다

　노래와 울음 사이를 왕복해야 하는 하루의 협곡에 사
람들이 다리를 놓고 있다

　눈물이 차오른 강물에 더 이상 발목을 적시지 않고도
노래 부를 수 있도록

　시간의 범람으로 더 자주 울어야 한다는 사실을 까맣
게 모른 채

　죽음의 불평등에 관한 신들의 토론은 영원히 끝나지
않을 것이다

　그럴 수 있다면 사람들에게 느리게 가는 시간의 향낭
을 선물하고 싶다

　연기가 되어 이 별을 떠난 그들은 어떤 색깔의 별이 되
었을까?

　새들은 지상의 슬픔을 구름 밖으로 물어다 버리느라
날갯죽지 깃털이 빠지고

　구름도 그 무게를 견디지 못할 때면 산등성이에 기대
눈물을 흘리다 간다

- 장 그르니에, 『지중해의 영감』에서 인용.

귀를 씻다

바람도 물어물어 찾아와 산국이며 마타리 구절초 등속, 들꽃 곁에서 사나흘 쉬어 간다는 산골에선 서울은 몰라도 고사리밭이며 송(松)서울 송이밭, 물이 차고 달다는 옻나무 샘터는 다 안다

철이 바뀌는 풍경을 물끄러미 내다보는 눈동자 속 구름은 누군가 내리기 위해 기항지에 정박한 연락선 같다

우편물을 놓고 가는 집배원의 오토바이 소리가 멀어진다

늦장마에 불어난 물소리가 달포는 족히 허물이 벗겨지도록 귀를 씻어 줄 것이다

꽃을 심는 이유

마당 한구석에 잔디를 심고 드문드문 디딤돌을 놓았다
연록의 바다에 뜬 섬 같다
집 주변 여기저기 뒹구는 결 굳은 옛날을 주워 와
해안선을 따라 차곡차곡 나지막이 추억의 병풍을 치고
맥문동도 과꽃도 국화도 인동초도 넣어 민화 한 폭을
그린다
오십 년 세월 가계를 지켜본 밤낭구 아래 생겨난 조촐
한 화원
그 꽃밭을 보며 열여섯인 듯 스무 살인 듯 다시 환해
지는 꽃
세 살 때 아비 잃고 지난해엔 지아비까지 잃고 혼자
된 허리가 흰 하얀 꽃
꽃을 보며 다시 화색이 도는 그 꽃을 나는 또 꽃 보듯
보고 있다

토방에 앉아 고추 자리를 꿰매고 있는 저 꽃
평상에 앉아 날파리 날듯 잡히지 않는 생각을 좇다가
말없이 늙은 꽃을 한번 쳐다보고 한눈파는 사이

시선의 실바람 내 왼쪽 뺨에 다녀가는 게 느껴지고
한 번씩 그렇게
제가 낳은 꽃 보듯이 제가 나온 꽃 보듯이
멀찍이 앉아서 바라보는 섬과 섬
물결이 밀려가고 다시 밀려오는 한나절
꼬부라진 대궁이 밀어 올리는 옛날을 생각하는지 저 꽃
물끄러미 선명한 작몽(昨夢)처럼 번지는 꽃밭을 보고
있다
빗방울 몇 줄기 내려 그 바다에 종소리로 번지는데
밀려오는 파도가 다 회한이고 연민이고 새록새록 그리
움이다

다시 나는 꽃을 바라본다
쑥쑥 긴 목을 뺀 맥문동 보라색 꽃을 보고 있다
저 꽃대가 침봉처럼 하늘을 꿰고 있다
하늘이 떠나가지 못하는 것은 꽃대들이 꿰고 있기 때
문이다
오늘은 토방에 핀 흰 꽃, 꽃들이 시들면 배 떠나갈까 봐

허공이 데려갈까 봐

나는 마당 가장자리 빈자리마다 꽃을 심어

하늘을 잡아 둔다

여우에게

초침이 아무리 큰 소리로 약속 시간을 지나가도
너는 나타나지 않기로 했지

파란색 창이 있는 테라스
모퉁이 카페에 누군가 앉아
원색의 설렘이 하얗게 바래다 끝내
쓸쓸히 지워지는 풍경은
네가 미리 그려 놓은 삽화 한 장이니까

넌 그게 취미니까
얼마나 많은 시행착오와 경험을 지불하고 얻은
이름이겠니 여우야
아니, 그건 선천적 자질일지도 몰라

불여우는 석양에 빛나는 금빛 털로 눈을 멀게 하고
백여우는 세 번 재주를 넘어 눈부신 처녀*로
세상 수컷들의 혼을 훔친다는데
그깟 풍경 하나 구겨 버리는 건 일도 아닐 거야

카페의 문이 열리고 따박따박
발걸음 소리가 다가왔지만
여우는 그렇게 현장에 나타나지 않아
혼자 애간장을 태우다 안절부절
미쳐 가는 모습을 상상하며 발톱을 다듬지

기다리는 길목에 여우가 나타난다면
그건 여우가 아니지
하지만 여우야
덫은 네가 그려 놓은 삽화 뒷면에
진퇴유곡 놓여 있단다
이제 네 발목에 감긴 올가미가 보이지

거봐, 견딜 수 없이 궁금한 네 마음은
밤이 깊도록 카페 앞을 서성이고 있잖아
넌 제비 덫에 걸린 거야

* 하재봉의 시 「가자, 흰말을 타고」에서 인용.

물뱀이 강을 건너간 날

강 이쪽과 저쪽에 길을 매듯
물뱀 한 마리 강을 건너가네
저 길은 수백 길 낭떠러지의 공중
저토록 혼을 당겨 길을 내는 부름은 무엇인가?
물 위의 길이 건너편에 닿자
물의 표면은 다시 민낯이 되고
밤꽃이 피는 무렵은 새끼를 쳐도 좋을 때
뻐꾸기는 뻐꾸기를 부르며 우네
까무러져도 좋을 따분한 한낮
내겐 맥없이 밖을 내다보는 습관이 생기고
텅 빈 부재 속으로 저녁은 성큼 들어서네
물뱀이 물뱀을 만나러 강을 건너간 날

나는 문을 닫아걸어 자라는 길을 끊네

나들에게 보내는 안부

산이 강여울에 주둥이를 처박고 제 안에 깃든 목마른 생명들을 위해 물을 들이켜고 있다

초점 잃은 동공 속으로 풍경이 고인다 곧 어제가 될 시간들이 마지막 밥을 먹고 있다 단맛을 빨고 순해진 혀처럼 나를 부드럽게 핥고 있다

학교 갈 때 동구 밖까지 따라오다 멈춰 서서 오래도록 바라보던 개라든가 새끼들을 숲속에 숨겨 두고 탁발을 나왔던 노루의 모습은 왜 아직도 지워지지 않는가 내 슬픈 눈빛의 연원에 대해 생각한다

괴테가 돼지고기를 먹으면 그 돼지가 괴테가 되는 거*라는 문장의 발명은 인간의 생명 취식에 대한 죄책감을 종의 이동으로 승화시켰다

나무 속에는 나무가 살고 돼지 속에는 돼지가 살고 내 안에는 나들이 산다

작은 걸음들을 모아 길이 되어 어디론가 가는 우리, 사소한 바람 한 점도 벽돌 한 장씩 보탰구나 미추와 귀천 없이 누군가의 체온이 되어 주고 여정을 마감하는 석양을 바라보고 있자면 이 저녁의 적막은 내 안으로 거처를 옮긴 슬픔의 침묵이라는 생각이 든다

눈[目] 밖에서 펼쳐지는 향연을 내다보고 있는 눈은 숲 속 어둠 뒤에서 인간의 거동을 숨죽여 살피던 눈인지도 모른다

이윽고 산은 바다가 되고 땅은 하늘이 되었다

나들의 총화인 나, 나들에게 한 번이라도 참배한 적 있었던가 이 생에 할 일이 있다면 나들의 체온으로 사랑을 모셔 후생을 남김없이 살아 주는 일

이 길은 언젠가 달려 본 길이다 잠든 사이 뒷덜미엔

자유의 갈기가 자라고 야생의 본능들이 깨어나 종의 국
경 너머까지 달려갔다 오는지 꿈에서 깨면 발바닥이 뜨
겁다

　바람의 결이 익숙하다 나는 혼자가 아니다
　내 안의 신(神)들이 깨어나고 있다

* 니코스 카잔차키스의 『돌의 정원』에서 인용.

슬픔이 찰랑찰랑

느티나무 이파리가 보푸라기만큼 나왔다
벚꽃이 난분분하니 이유 없이 가슴이 미어진다

목이 빠져라 기다리던 버스가
그냥 지나쳐 버린 정류장처럼
말라 죽은 고목인 줄 알고
눈길 한번 주지 않고 먼 길 에돌아가는
봄아, 이 빌어먹을 년아

낡은 스웨터처럼 마음의 올이 풀려
슬픔이 찰랑찰랑하다

3부

무죄(無罪)

봄이 피면 바람이 잦다

천지간 기운 없이 어찌 새 생명이 태어나겠는가

하얗게 슬어 놓았던 알에서 바람이 부화하는 정오

바람은 동분서주 기운을 배달하느라 눈코 뜰 새 없다

처녀들의 치마를 훌러덩 뒤집어 놓기도 한다

봄날엔 충만한 바람의 치마폭 속으로 뛰어들어야 한다

처녀총각바람이 논다

바람이 있으니 봄이다

봄바람은 무죄다

빈 의자

마당 한구석
오는 비를 다 맞고 앉아 있는 저 처연

오전에는 날름날름 비의 발자국을 삼키며 따라온
율모기 한 마리 쥐똥나무 울타리에서 기웃거리다 갔네

내게 왔다 돌아선 발길들은
어디서 이 비를 긋고 있나?
동행하지 못하는 인연들이
비의 몸을 빌려 다녀간다는데
비의 발자국들이 마당 가득 피고 지네

없는 네가 가득한 빈집

온 집이 발자국 소리를 담는 커다란 귀
소리의 의자가 되었네

너와 나의 우산

사실 이 우산은 내 우산이 아니다
세상에 내 우산이란 게 있을 수 있을까?
어찌 궂은일을 피하는 수단이 내 것
나만을 위한 것이 있을 수 있는가

오래전 식당에서 내 우산을 가져간 사람과
나를 따라온 낯선 우산에 대해 생각했다
비가 새는 세상에서 모르는 사람끼리 우산을 나누고
무너지는 세상을 한 축씩 떠받치고 선 우리는
흐린 날씨와 싸우는 마지막 아나키스트

무엇의 등가물일까? 나는
그럴듯한 레테르 하나 없이 용케도 살아남았다
모든 차례는 언제나 네 순서 앞에서 끊긴다
이 우천의 세상을 살아가려면 몇 개의 우산이 필요하다
강철 같은 상징의 다기능 우산을 구하기 위해 사람들은
향우회나 동문회에 나가야 한다
이런저런 단체 모임에도 빠질 수 없다

열차는 비를 뚫고 북한강 변을 달린다

강물도 나도 서울로 가는 중이다

빗줄기는 차창에 주먹질을 해 대고 유리창은 하염없이
눈물을 흘린다

이 낡은 우산 손잡이를 움켜쥐면 그 어떤 폭우도 두렵
지 않은 믿음이 생긴다

북한강 수면에 떨어진 빗방울은 오늘 중으로 바다를
만나겠지만

내가 사는 산골짜기에 내린 빗방울은 험한 계곡을 흘
러내려 언제쯤 대처와 만나게 되는 걸까?

아침에 시골집을 나서면서 억수같이 쏟아지는 비

때문에 나를 따라나섰지만 비는 그치고

광화문 서점 구석 어딘가에 커피숍 구석 어딘가에

슬그머니 유기하고 싶었던 충동을 모른 채

말없이 나를 따라다니는 저 볼품없는 우산이 실은 고
맙다

우울한 마음을 달래 주는 약으로는 비 구경만 한 게 없다

콩밭에 비가 내린다

빗줄기는 어느 콩 포기 하나 빼놓지 않고 면발 굵은 국수를 골고루 멕이고 있다

말라 가던 콩잎들이 한결 늠름해지고 있다

비를 잔뜩 싣고 온 구름들이 하늘 가득 모여들고 있다

쪽동백나무에게 청혼하다

바위 속에 집을 짓고 살자던 언약도 바람에 흩어지고
다시는 사랑 따위에 마음 두지 말자
상처에 딱지가 앉을 즈음
나는 다시 목이 길어진다

눈 내리던 금강산에서
천선대를 내려서던 나의 뒤꼭지에 대고
"설홍˚이 보러 다음에 꼭 다시 오시라요" 말하던
알사탕 같은 이름을 입안에서 굴려 보기도 한다

눈물이라도 한 바가지 비우고 오자
수백 년 작은 꽃등만 내걸고 기다렸을 산모롱이 저만치
미끈하고 정숙한 자태로 서 있는 한 그루의 매혹
쪽동백나무에게 청혼했다

금강산 유랑 시절
계곡 담(潭) 물속 뜨스하게 번지던 오줌 줄기
수입천˚˚이 되어 흘러 흘러 수려한 풍광에 이르러

살아생전 뭇 남정네들 까맣게 태운 애간장
바람 쉬어 가는 이파리 커다란 나무가 되었겠거니
그럴듯한 작명(作名)의 궁리가 생기고

진이(眞伊)!
이름을 불러 본다

쪽동백나무 연둣빛 커다란 이파리
창문 열리듯 흔들리더니
진이가 내다보는 것 같았다

* 금강산에 볼일 보러 갔을 때 눈이 내렸고 북한 환경관리원 처녀는 빨간 레인
코트를 입고 있었다. 그녀에게 눈 설(雪) 자, 붉을 홍(紅) 자 '설홍'이란 이름을 지
어 주었다.
** 옛 회양군 내금강면과 양구군 수입면의 경계(현 북한의 금강군)에서 발원하여
양구군 상무룡리 파로호로 유입되는 북한강 지천.

이사

땟국 절은 바지 위에 껴입은
비료 포대 치마 위로 시선들이 미끄러졌다
손수레엔 골판지 박스 플라스틱 통 이런저런 가재도구
검은 비닐봉지 속에서 기어 나와
생의 이력같이 늘어진 배추이파리가 보였다

떡 진 머리를 들추고 햇빛 몇 장 쑤셔 넣어 주는
하늘은 서럽도록 푸르고
행길 옆 포장마차에선 가락국수 삶는 김이 오른다

생이 최소한으로 요약된 이삿짐을 끌고
그녀가 걸어가자
행인들이 바닷물처럼 갈라졌다

칭얼대는 손수레 유일한 혈육의 손을 잡고
얼음장 같은 바닷물 속으로 가라앉는 뒷모습이
자신의 장례를 따르는 검은 상복의 상제처럼
캄캄하게 잠기어 갔다

숙취(宿醉)

브래지어 호크나 풀어 보고 싶다는 생각을 하며
뒤척뒤척 하루를 보낸다

어느 시인은
혓바닥으로 팬티를 벗기는 밤을 노래했는데
은유라도 좋고 즉물적으로
기상천외한 방법의 숨 막히는 순간에 대해 상상해 본다

정확하게 손이 닿지 않는 그 지점에
풀리지 않는 하루가 질문처럼 묶여 있고 너는
이슥하도록 돌아오지 않는 손을 기다린다

세상을 어수룩배기 무지렁이 여자로 알고
엄벙덤벙 덤비다 따귀를 맞은 적이 어디 한두 번
이던가 말수가 적어지는 관엽식물에 정성껏 물을 주면
나무를 안심시키는 커다란 이파리처럼 가슴은
마음이란 행성이 착륙하기 좋은 활주로가 되고
손가락은 열쇠로 자라 세상은 온전히 등을 주는 것

유혹은 언제나 의지보다 집요하고 치밀했으니
천신만고 굴려 올린 바위를 다시 산 아래로
굴려 떨어뜨리는 일이 신의 유일한 유희였으니
형벌을 놀이하며 자신과 대작하는 자가 괘씸하여
뒷골목으로 작부들을 보내 주머니를 털게 하니
탕진한 생의 빈 수레를 끌고 그가 길 끝에서 망설인다
손가락을 열쇠로 만드는 연금술을 얻기 위해
열쇠공과 정원사 중 누구를 찾아가야 하는지

조르바는 젊은 수도승이 자책하며 잘라 버린 물건을
"이 바보야, 그건 장애물이 아니라 열쇠야 열쇠"라고
했다지만
손가락이 없었다면 인간은 개나 돼지 중 어느 쪽에 더
가까워졌을까?
그나저나 열쇠로 자라던 손은
어느 허전한 가슴팍을 위해 벗어 주고 온 것인지
빗장이 굳게 잠긴 세상은 오늘도

옥죄는 가슴을 끌어안고 돌아눕는다

그리운 쥐를 찾아

언제부터인지 나를 쳐다보고 있던 어린 고양이
반갑게 아는 척해 주었더니
땅바닥에 엉덩이를 내려놓는다

왼종일 구석구석 어두운 곳을 헤매다
빈손으로 돌아온 저 가녀린 몸피에게
나는 줄 것이 없다

한 끼 식사도 생명을 모시는 예배인 것
모두들 어디선가
점지된 생명을 모시느라 분주하다

내가 빈손이란 걸 눈치챈
어린 고양이
슬그머니 콩밭으로 들어간다

그리운 쥐를 찾아

나무와 봄비

혼자서 건너기엔 무서운 계절

창밖에 서성이며 재촉하는

꽃 모시러 가자는 귀인을 문밖에 세워 두고

혀에서 미끄러지는 그 이름

참을성 없는 새들은 벌써 멀리 날아 보이지 않는데

나무는 수많은 계절을 걸어와 여기에 서 있다

말문이 터진 입술들 먼 곳에서 부쳐 온 말들

곁을 주고 서서 나는

혼자서도 봄이 무섭지 않은 나이가 되었다고 대답한다

주문진

소꿉 신부 그 애가 이사 가던 날
입맛도 없고 괜스레 심통이 나서
신작로 돌멩이나 걷어차며 학교에 갔지
그 애는 주문진으로 이사 간다는데
주문진은 끝없이 넓고 파란 바다가 있다 하고
그 애만큼 아름다운 곳일 거라고 생각했지
풀밭에 누워 산으로 에워싸인 하늘을 올려다보며
바다는 저런 모습일 거라고 상상을 하면
그 애가 손짓하며 낮달과 함께 하늘바다 멀리 떠내려
갔네
저런 산을 몇 개나 넘어야 주문진이 나오는 걸까?
두 볼이 빨갛던 갈래머리 계집애는 보이지 않고
내가 크면 제일 먼저 가 볼 거라고 다짐을 하던
지명에 계집애의 얼굴이 환하게 그려지던 곳
오랜 세월이 지나 처음 가 본 주문진
수산시장을 맥없이 배회하며 장 보는 여인이며
어판장 생선 파는 아낙들을 흘금흘금 기웃거렸었지
한 시절 내 마음이 엎어져 파도로 철썩거리던

유년의 길목에 잠시 나타났다 사라진 그 애

적멸(寂滅)

꽃이 말했다.
어떤 의미도 되지 않겠다고

바위가 말했다.
세월의 집요함도 내 입을 열지는 못했다고

강물이 말했다.
투명함조차 지우기 위해
흐르고 또 흐를 뿐이라고

산이 말했다.
정상을 향해 오르는 사람들아
우리가 그토록 찾아 헤매는 것은
저 아래 홍진 속에 있나니
오체투지 납작 엎드리는 중이라고

누가 말의 그릇을 짓나
귀를 깨뜨리자

곡두마저 쑥 빠져나가고
남은 소리조차 없다

애인

계절 치는 목동들이 통통하게 살이 오른 가을을
휘파람으로 불러 모으는 빛 좋은 오후

무대 위로 남루한 구도자가 나타나자
가로수들이 측은지심 우수수 지폐를 던져 주었다
밥을 먹어 본 기억이 아득하다

생은 잠시 이 거리에 어른거리다 사라지는 그림자 같다

쇼윈도 앞에 서서 그가 중얼거리는데 여자는
아직 토라진 채 미동도 않고 눈길 한 번 주지 않는다
나무가 다시 후드득 금화 몇 닢을 뿌려 주었다

모델처럼 차가운 여자
아무래도 그에겐 어울리지 않는 여자다

구겨진 가방 속에서 낡은 책을 꺼내 배를 채운 그는
두꺼운 페이지에 잘못 꽂힌 녹슨 서표 같다

그가 쇼윈도 앞으로 다가가 인사하듯
뭐라고 중얼거리곤 모퉁이를 돌아 무대 뒤로 사라졌다

그는 가공된 인물처럼 생의 주인이 되지 못하고
시간은 풍경에 대해 온정을 베풀지 않는다
빛바랜 시간의 그늘을 끌어당겨 덮고
비로소 이 세상의 환각에서 깨어날 때까지 그는
거리의 식상한 오브제로 낡아 갈 것이다

물방울 신부(新婦)

한바탕 비가 지나가고
연못 위로 나뭇잎에 맺혀 있던 물방울들이 떨어진다
한 방울
수면 위에 떨어진 물방울이 터지며
나비가 날아올랐다
두 방울 파랑새가 날아올랐다
세 방울 사슴이 통통 뛰어나왔다
네 방울 따오기가 홰를 치며 날아올랐다
다섯 방울 경중거리며 망아지가 달려 나왔다
열두 방울 다소곳이 신부가 걸어 나왔다

해산(解産)하는 물방울들
폐부 깊숙이 푸른 공기를 채우자 나는
물풍선이 되어 빛살을 타고 두둥실 떠올랐다

안개가 죽은 생명들의 혼을 인도하듯
이 별의 모든 물은 몸에서 몸으로 흘러가는 중이다
신부여

속속들이 투명한 나의 신부여
부끄러워 마라
우리는 한 줄기 물길이었으니

외롭고 적적한 날 신부가 필요한 날엔
온몸이 가시투성이인 탱자나무 신부는 말고
물 대장 버드나무 아래 앉아서
물방울 신부나 꼬여 내 한나절 놀다 와야겠다
배가 남산만큼 부풀어 오르도록 온갖
불온한 짓거리 불어넣고
수면에 떨어져 해산을 보는
물바람, 물바람이나 피우다 와야겠다

별빛편지

한계령의 별빛을 너에게 보낸다
편지봉투 속에서 달그락거리는 별빛들
손바닥에 쏟아 알약처럼
한입에 털어 넣어 보렴
네 안에서 달그락달그락 살아갈 나는
혼자서도 외롭지 않겠지

오후에는 굵은 비가 내렸다
사람들은 비를 맞으며 천천히 걸었다
더 많은 슬픔으로 젖어 있으므로
젖은 만큼 슬픔은 더욱 선명해지고
풀벌레가, 주머니 속 별빛처럼
달그락달그락 울자
별빛이, 누군가 엎지른 추억처럼
쏟아지는 밤이 또 왔다

라면을 끓이며

여성 시인의 시집을 읽다가
라면이 넘쳐
보던 페이지를 펼친 채 엎어 놓고
달려가 냄비뚜껑을 열었다
미끼는 물지 않고 주변을 맴도는 물고기처럼
잡히지 않는 어렴풋한 심상을 쫓다가
다른 유명 시인의 시집을 다시 펼친다
시집 속의 월척들을 부러워하며 더 큰
물고기들이 사는 심해를 기웃거린다
읽던 시집을 엎어 놓은 시집 위에 무심코 포개 놓고
라면으로 해결하는 헐한 저녁
나무에 스위치 켠 듯 불 들어온 꽃나무를 꿈꾸며
돌아와 보니 이 무슨!
이름만 대면 알 만한 시인들의
떠도는 풍문 같은 포개진 쌍시옷의 외설
그 시인들의 이름은 밝히지 않겠다

자동세차기

백미러를 접고
기어는 중립으로 풀어놓고
자동세차기 안으로 의지 없이 끌려 들어간다

원시인들의 침실 같은 동굴 속에서
물 뿌리고 걸레질하고 마치
가랑이 겨드랑이까지 꼼꼼히 부드러운 혓바닥으로
닦아 주는 것 같다

비눗물 풀어 뿌려 놓고
숨 가쁘게 도달하는 오르가슴
자동세차기 굴속은 얼마나 아늑한 유곽 같은 곳인가

어디 자동샤워기 같은 건 없을까?
푸줏간 같은 홍등 불빛 속으로 들어서서
시작 버튼을 누르면, 성별을 선택하세요
凹凸에 따라 전자동으로
물 마사지에 허브향 바람 샤워

권태로 뭉친 마음 구석구석까지 덤으로 풀어 주는

태초의 그 상태 소인이 찍힌
재생라인을 타고 줄줄이 나오는
켱기는 양심까지 깨끗이 세탁된 남녀
엿가락처럼 늘어지는 일상 속으로
권태가 이글거리는 폭염 속으로
들어가겠지 이마를 반짝거리며

노릇노릇 몽상이 익을 때

빵 빵
룸미러 속 여자 원시인
빨리 빼세욧!
따끔, 엉덩이를 꼬집는다

상류층 시인
—서정춘

시집(詩集)을 보내 준
서정춘 시인에게 전화를 넣었다

과분하게 이름 뒤에 시백(詩伯)이라고 쓰셨네요
그럼 그럼 당연하제
자네 시가 좋지만 앞으로도 잘 쓰라는 뜻이네 허허허
반편이 같은 시지만 잘 읽어 주시라고 한 권 보냈네
굶어 죽으란 법 없응게 너무 걱정하지 말고 살어
사업이 잘됐으면 좋겠지만
내리막이 있으면 오르막이 있고 그랗게
다 좋은 날만 있으믄 그게 무슨 재미가 있것어
좋은 일도 있고 나쁜 일도 있고
그랗게 인생이 재밌는 거 아니겠능가
나가 명예퇴직한 지 십사 년이 됐는디
살던 아파트는 내 능력이 안 된 게 다른 임자한테 넘
기고
사당동 산동네 조그만 집 이층에 사는디
반지하나 지하에 사는 사람도 많어

그 사람들 생각하믄 마음이 아파
그 사람들에 비하믄 나는 상류층 아닌가
주인집에서 경비견을 키우는디
똥을 을매나 퍼질러 싸 놓능가
쌌다 하면 한 바께스씩 싸 놓는디 여름이 되면
냄새 냄새 그 냄시가 말도 못 하게 심하게 난단 말이시
게다가 그놈의 파리 떼들은 똑 매미맹키로 큰 것들이
을매나 징그럽게 달라붙어 쌓는가 모르네
그래도 난 이층에 산게 상류층이라고 생각하며 산다네
돈 때문에 너무 걱정하지 말고 시 잘 쓰게
돈은 내 주머니에 잠깐 들어왔다 나가는 거이지만
시는 영원히 내 재산이 되는 것인게
시 쓰는 게 버는 것이여!

4부

휴일

할 일 없이 빈둥거리는 휴일 오후는
매콤 새콤하면서 들큼한
막국수나 한 그릇 먹고 싶다는 생각이
머릿속을 떠나지 않는다
육수를 잘금하니 붓고
겨자와 식초와 설탕을 친 다음
젓가락으로 휘휘 뒤적거려
갖은양념을 골고루 섞은 후
열무김치를 얹어 입이 미어지도록
입안 가득 밀어 넣는 상상을 해 본다

혼자 앉아서 먹는 막국수엔 생의 양념 같은
쓸쓸하고도 슬픈 생각이 까슬하니 씹히고
끝내 한 생은 이렇게 저물어 갈지도 모른다
막연하고도 들큼한 절망의 맛에 중독된 내가
강원도 어느 먼 골짜기 개울가
골방이 있는 막국숫집을 하릴없이 생각하며
눈을 멀뚱멀뚱 끔벅거리며 휴일은 저물어 가는 것이다

내 마음의 초가

옛날 토담집 방엔
묵은 신문지로 초배만 하고 살았지
웅성거리는 활자들 들불 번져 오는 함성들
익사한 아이들의 슬픈 이야기가
어두운 밤 첨벙첨벙 물소리를 내면 흥건해지는 이불
궁벽한 시대의 초라한 군상들 속에서도 영웅은 태어
나고
염문이며 불륜이 야릇한 눈빛으로
축축한 가랑이 속에 슬몃 손을 넣기도 하고, 때론
인면수심들이 벽 속에서 기어 나오기도 했지
방 안엔 야생의 언어들이 구권처럼 쌓인 나무 궤짝
함롱 속으로 마음을 밀어 넣고 잠이 들면
나뭇결 속에서 흘러나오는
꽃과 새들과 풀벌레들의 사랑 노래

내가 짓는 집 벽 한구석에는 고콜을 놓아
삶의 옹이며 삭정이들 뚝뚝 분질러 넣으면
기쁨과 슬픔이 희열과 분노가 훨훨 타올라

농염한 문장들이 흘러나오고 시뻘겋게 달은 서사들
　단조(鍛造)하여 세상에 없는 조상(彫像)을 완성하면
　별바다로 떠가는 배가 되는 방
　뒤꼍에는 허름하고 고즈넉한 별채를 들여
　가난한 사랑들 둥지 되어 깃들게 하고
　밤마다 조곤조곤 검은 비단에 피어나는 연화(戀花)의
무늬
　집안 가득 팔리지도 않는 피륙이 키를 넘고
　눈이 풍풍 쌓이는 날 곳간은 텅 비어도
　다 닳아빠진 붓자루를 들고 나가 눈 내린 마당을 쓸겠네

똥둣간에서

담배 하나 빼 물고
푸우- 항문 모양으로 입술을 오므려
연기를 내뿜으며 재래식 똥둣간에 앉아서
입口로 들어간 밥이 출口로 나오면
똥이 된다는 것
모락모락 훈김을 올리며 냄새를 피우는
아랫배에 힘주고 쏟아 낸 것은 왜 더러운가
미백색의 내일을 먹고 황갈색으로
온몸에 핏대를 세우고 배설한 어제에선
왜 악취가 나는가

이 땅에서 냄새나는 인간들을 솎아 내면
지구는 텅 빈 하치장 같을 거야 쓸데없는 상상을 하다가
이 험한 세상을 어떻게 살아가라고 아버지께선
출생신고서에 착할 善 심을 植이란 이름을 올리셨을까?
나의 근원적 죄의식은 이름에 세뇌된 강박일지 모른다
고 생각하며 쭈그리고 앉아서 똥을 눈다

향기 나는 똥을 누고 싶다고 이를테면
장미 향 허브 향 원두커피 향 같은 똥냄새를 생각하며
깊이 들이마신 연기를 내뿜을 때
열린 뒷간 문 못 본 척 발을 끌며 마구간으로 가시던
아버지 이제 먼 길 떠나시고

저는 오늘도 고향 집 똥둣간에 쭈그리고 앉아서
그간 옥체 일향 만강하옵시고
아버님 전 상서
하늘로 냄새를 피웁니다

아우에게

오늘도 해가 두리번거리며 네 머리맡을 지나갔다
늙으신 어머니는 강변에 나가 저무도록 너를 기다리다
유모차를 밀고 돌아와 위장약을 먹고
찬물에 밥을 말아 드셨다

농사도 연애도 떠돌이 목수 일도
비포장 신작로처럼 덜컹거리더니
눈치도 귀띔도 없이 먼 길 떠났구나

여기는 오늘도 절뚝거리며 바람이 불었고
반도 못 쓴 공책 같은 네 여백의 페이지를
시간이 푸루룩 풍구질을 하고 갔다

얇은 막으로 덮인 보이지 않는 시간의 공동(空洞)
너의 헛디딘 발이 생의 경계를 넘어가고
어느 날의 내 꿈속에는 깃털 같은
너의 발자국들이 찍혀 있다
그 멀고 거친 강을 무사히 건넜다는 기별 같아

칠월 백중엔 향을 피우고 술을 따랐다

여기서 이루지 못한 인연
거기서 고운 색시라도 만나거든
꿈속으로라도 제수씨를 데리고 다녀가렴

목마른 영가(靈駕)를 위하여

몇몇 작가들이 작당한 이른 상춘 소풍이 과했던가
대관령과 강릉 바닷가를 헤집고 돌아와 몸져누웠다
생전 처음 경험하는 극심한 두통에 시달리다
살 만하여 식탁에 나와 앉으니
노모가 내 앞에 앉으며 나지막이 말을 건넨다

식전바람에 밥 한 솥 해서 한데다가 공양했다
새벽녘 꿈에 군인 두 명이 다 죽어 가는 모습으로 마
당 가 엄나무 밑엘 들어서더라 기어오던 군인은 머리에
친친 감은 붕대가 피투성이였는데 너무 목이 마르니 물
좀 달라고 하더라 그 꿈이 하도 이상해 여명이 트기 무
섭게 대접에 물을 받아 엄나무 밑에 갖다 놓고 이내 새
로 한 밥을 양푼에 고봉으로 담아 나무 밑에 갖다 놓고
빌었다 "아무 걱정 하지 말고 편안히 맘껏 드시고 가세요
억울하고 슬픈 일이 있더라도 부디 다른 몸 침노하지 말
고 노여움을 거두어 가세요" 술도 석 잔씩 올렸다 전쟁
때 총 맞고 쫓기다 죽은 군인들 영가가 대관령에서 따라
왔나 보다 세상에 얼마나 힘들었을까 젊은 나이에 쯧쯧

108

그러고 보니 극심했던 두통이 감쪽같이 사라진 게 아침나절이었다

현몽한 꿈을 허투루 흘리지 않고 물과 밥과 술을 올리자

언제 아팠냐는 듯 금방 털고 일어나는 것은 무슨 조화인가

귀신이 있느니 없느니 해도 사람이 보지 못하고 듣지 못하는 게 어디 한두 가지겠니

그저 동티 내지 말고 조신하게 살아야 한다

밖에 어딜 가서 무슨 맛난 걸 먹어도 혼자 먹으면 안 된다

그걸 지켜보는 혼들이 한둘이 아니란다

노모는 온데간데없고 내 앞에 미소로이 낯익은 신령님이 앉아 계시는 것이 아닌가

무수한 입

술을 마시지 않고는 도무지
말이 나오지 않아요
숫기 없는 말들이 문 꼭꼭 닫아걸고
통 나올 생각을 하지 않아요
언제였던가 생각나진 않지만
나는 말의 종자들을 죄다
독 속에다 감췄어요
독 속에서 종자들은 환청 같은 술이 되고
향기를 피우기 시작했지요
저녁 어스름 밀밭에 노을이 익을 때
곳간에서 익어 가던 말의 종자들은
바깥세상이 구경하고 싶어 환장을 하지요
술을 마시면 내 몸에는 온통 입[口]들이 피어나요
그 피어난 꽃들이 일제히 꿈꾸던 말들을 쏟아 놓지요
생각해 보세요 갓 피어난 진달래 빛 구순(口脣)들이
얼마나 향기를 피우고 싶었겠어요
귀한 손님이 오시는 날은 몇 잔 마셔야겠지요
주거니 받거니 오가는 붉은 향기 좀 보세요

110

술 마시고 한 말에 너무 놀라지 마세요
다 당신을 사랑한다는 말이거든요
술 속에는 무수한 입이 들어 있다는 거 잊지 마세요
자, 한잔 드시지요!

난산(難産)

남몰래 사모하던 톱 여배우가 송아지를 낳았다
태반이 찢어지고 양수가 낭자하다

밀린 월급과 은행 빚과 세금과 공과금의 수렁은 깊어
헤어나지 못하는 나날의 산고 속에서
요행수만이 수렁을 빠져나가는 유일한 동아줄일 때
꿈이 접근 불가능한 세계로 가는 유일한 통로를
살짝 보여 주고 닫았다

커다란 눈을 껌벅이며 애처롭게 나를 올려다보던 송아지
예로부터 꿈에 황소가 집으로 들어오면 재물이 들어온
다 하지 않았던가
진땀을 훔치며 황당한 꿈의 퍼즐을 맞추었다

꿈[夢]이 유일한 등대인 사람은 표류 중인 사람이다
생이 무색무취의 영원을 낳기 위한 기나긴 진통인 줄
알면서도
뒤집을까 말까 조각배 하나를 거칠게 흔들고 있는

파도 속으로 빨려 들어간 생의 조난 앞에
송아지를 낳은 게 암소가 아니면 어떠냐
내게도 드디어 올 것이 온 거라고
마지막 동아줄인 양 꿈을 움켜쥐고 깨어난 것이다

저 나름의 기호로 꿈을 꾼 사람들이
남루의 긴 꼬리를 들키는 토요일
지난밤 갓 난 송아지의 눈빛을 떠올리며
파도가 거칠게 출렁이는 사거리 건너
복권 사러 간다

천진항*

산간오지나 포구를 떠돌며
수세미로 벅벅 문질러 빨듯
세상의 질기고 모진 인연들
지우지 못해 허우적대던 그때
천진항에 갔었지
백사장에 올라서는 기진한 파도는
읽기도 전에 덮여 버리는 책갈피처럼
자신의 소멸을 들키기 싫어하고
가등은 외로이 지키고 서서
파도의 마지막 절명이 길을 잃을까 봐
염기 어린 해무를 헤치고 손을 건네더라
치미는 노여움도 내려놓으면 저렇게 거품이 된다
분노도 슬픔도 다 거품이라는 바다의 말을 들으며
방에서 내다보는 해무가 삼켜 버린 바다
겨울 바다에서는 처억 척 밤새도록
볼기 치는 소리가 난다
나도 여관방에 엎어져 밤새도록
엄살이 심하다고 볼기를 맞았다

* 강원도 고성군 토성면에 있는 작은 포구.

최초의 여행

차갑고 매콤한 공기 속에서 한 시절이 짚인다

친절한 조언도 위로도 없는 마파람의 길
살아서 꿈틀거리는 길 위에서 헝클어지는 걸음
열차는 플랫폼을 빠져나와
눈동자에서 아름다운 강변 풍경들을 낚아채며
미친 듯이 달린다

두고 온 아이는 울음을 그쳤을까?
객차 안을 가득 채운 다양한 생의 샘플들
무표정으로 꽂혀 있는
오류투성이 기록들로 묶인 가지각색의 서적들

열차는 가을역에
몇몇 승객들을 내려놓고 떠난다
매캐한 생이 목에 걸려 기침을 해 대는 노인은
  여장을 챙기다 말고 태초의 빛살 반기는 차창을 내다
본다

여행이란 생의 전부가 담긴 낡은 가방을 들고 낯선 곳
에 도착하는 것
여비도 없이 승차한 내 눈빛은 애처롭고
사람들은 외면한다

눈 내리는 국경을 넘어서면
시든 꽃 몇 송이 반기는 툰드라
빚쟁이들이 따라올 수도 찾아올 수도 없는 곳
세상에 없는 풍경을 찾아가는 최초의 여행

도대체 여행에서 도산(倒産)이란 게 어디 있느냐고
파산(破産)을 모르는 열차가 파산한 생을 싣고 달린다

마중

팔십 년도 더 된 오래된 가구처럼 앉아서
어머니가 백발에 염색을 하고 계십니다
봄맞이 채비를 하시는 겁니다
여든 번도 넘게 본 봄인데도
첫선 보듯 마음이 싱숭생숭하신 모양입니다
농부가 트랙터로 논을 갈아엎고 있군요
겨우내 잠겨 있던 빗장을 푸는 중이지요
닫힌 가슴에는 씨를 뿌릴 수도 키울 수도 없어
흉곽을 열어 두근두근 맥박을 불어넣는 중입니다
오후에는 강가에 나가 오래도록
여울을 지나는 세월을 바라보다 돌아왔습니다
얼음장 밑에서도 강물은 멈춘 적이 없지만
웃통을 드러내고 근육질로 흐르는 모습은
시간은 죽지 않는다는 은유 같아
다시 살아 보자는 욕구가 꿈틀했습니다
강변에서 두루미 한 쌍이 물끄러미 수심을 재다가
수면에 비친 서로의 눈이 마주치자
하늘을 향해 그들의 언어로 '봄'이라고 외칩니다

그때, 나를 들여다보던 봄과
봄을 들여다보던 나의 눈이 딱, 마주치고
화들짝 놀란 봄의 보따리에서 쏟아지는
만화방초 꽃들의 만개
서로의 간절한 눈빛이 딱 마주칠 때
세상의 모든 꽃이 피고
극적인 세상으로 통하는 문이 활짝 열리는 것입니다

춘천

까마득한 옛날 선술집에서
사복 차림의 미군들 틈에 끼어 술을 마시던 홍일점
옆 테이블의 내게
같이 마시자며 자기 옆에 앉아 달라던 청을 거절하자
그 금발의 서양 처녀
이역만리 타국 땅에서 서럽게 훌쩍거리던 곳

입영 전야 니나노 집에서
가만히 내 무릎에 손을 올려놓던
여자의 손을 매몰차게 툭, 쳐 버렸던 곳
그러곤 군대에 가서 신병훈련을 받으며
한 치 앞도 내다보지 못하고 내가 왜 그랬을까?
후회하게 했던 곳

내게 편지 몇 통 보내 놓고 영영 오지 않는
답장을 기다리던 춘천 여자는
어느 애먼 사내 바가지나 긁고 있는지

지금 내가
모래 둔치에 홀로 선 가막사리처럼 외로운 것은
천지간 외로운 영혼들이 건네던 손을 뿌리친
업보라고 생각하며
세월이 살다 간 넉넉한 얼굴이 되었을 시절 인연들
선했던 눈빛들 불러 모아 늦은 뒤풀이라도 해 보자고
어스름 내리는 골목 술집 간판들을 기웃거린다

섭농(攝農)

어떤 날은 밤나무가 툭 던져 주고

어떤 날은 까마귀가 까치가 직박구리가

시(詩)를 물어 온다

어느 날은 깨진 항아리가 울음 울어 시 속에 수련이
피고

어느 날은 늙으신 어머니가

옜다 받아 적어라 케케묵은 골동 구럭을 푼다

알고 보면 나의 농사는 내가 짓는 게 아니다

매사 어설뱅이인 나를 불쌍히 여겨

주변들이 섭농(攝農)을 해 주는 것이다

이 아름다운 인연 보시

어느 생 어느 인연들이

이승의 저물녘 푸새 고랑에 찾아와

김을 매 주고 가는 것이다

삼라(森羅)에 빚이 많다

돌아오지 않는 여행(旅行)

계절의 하류엔 하늘도 깊다

세상의 강안(江岸) 이쪽과 저쪽에 앉아 세월 강에 돌을
던지는 우리는 끝내 인연이 닿지 않는 연인

혼자 저무는 시선들이 산 위에 걸린 동경(銅鏡) 속에서
붐비는 밤

혼자,

우화를 접고 내 안의 고치 속으로 침잠하는 심인성 질환

별 밭을 지나온 차디찬 서릿바람의 예리한 날에 목이
댕강 떨어진 계절의 낭자한 선혈 속에서 질환을 견디는
우리는 달고도 쓴 핵과의 즙액을 삼켜야 하리

아들 앞세운 노파가 한나절씩 앉아 강물 소리에 울음
을 풀던 자리엔 쑥부쟁이만 흐드러졌네

강물의 은유를 시연하기 위해 추수 끝난 논둑길을 걸어
강으로 나가는 농부의 굽은 등과 부르튼 발이 그가 개간
한 시간의 밭을 말해 준다

오늘의 곤고와 수모는 내일에 바치는 순교

백만스물세 번째 계절이 지나는 여기는 어디쯤일까?

어딘가에 존재한다는 내일리(來日里)에선 아픔 없이도 사랑이 충만하다는데

가도 가도 오늘뿐

네가 연신 불어 날리는 내일이 비눗방울처럼 톡톡 터지며 오늘이 나타난다

시간 위에 떠 있는 섬일까 여기는?

아름답다고 믿었던 것들이 몸에 자찬이란 비단을 걸치자 금방 추하게 변색된다

내가 너를 사랑하는 이유는 드러내지 않는 미덕을 아름다움이라고 여기는 겸손 때문이다

진정한 아름다움은 눈에 보이는 것이 아니니까

꽃이 피었던 자리엔 가시덤불만 무성하다

가끔 옛날을 어루만지다가 기억에 찔려 마음 끝에 붉은 가시 꽃이 피기도 한다

그 나라에는 얼마나 많은 꽃들이 만발한다는 걸까?

세상에 한 번도 가 본 적 없는 마을은 얼마나 많은지
나의 방황은 그 향기에 취한 나날의 여정

언제나 나는 유일무이해야 했지만

죽이고 싶도록 나를 괴롭히는 그자가 자가면역질환 같
은 다른 몸의 나일지도 모른다는 생각에 미치자 과녁을
향해 날아가던 증오의 화살이 연민이 되어 흘러내린다

너는 무한한 바다 너머 어딘가에 있고

나는 유한한 시간의 통나무를 붙잡고 바다를 표류하
는 중이다

태어난 자리에서 한 발짝도 움직이지 못하고 늙어 죽
어야 하는 운명은 얼마나 끔찍한 일일까

하지만 나의 다리가 뿌리가 아니었다는 자각을 기뻐하
려면 나는 언제나 낯선 거리에서 발견되어야 옳다

가끔 나는 뿌리내리기를 기다리기라도 하듯 누군가를
기다리며 한 자리에 우두커니 서 있다

기다림의 습관과 찾아 나서는 방황 사이엔 이부형제
같은 유전적 동질성이란 실핏줄이 연결되어 있다

누가 그들의 내일에 불을 지른 것일까?
불에 타 죽은 사람들의 남은 가족들이 오열하고 있다
어제에서 샘솟은 눈물이 타는 살 냄새와 슬픔을 씻어
내고 있다
간헐류의 침식이 만든 마른 계곡에 풀이 자라고 있다
노파의 깊은 주름은 눈물이 흘러간 강의 흔적이다

길에서 비켜선 발이 서성이며 발자국 꽃잎을 찍고 있
다
그 꽃잎에선 지나온 마을의 그리운 향기가 난다
서둘러 신발을 벗고 여행을 마감한,
일찍 생의 침소에 든 이들은 내 안에 타인의 감언이설
을 곧이듣고 내일의 고갈을 두려워한 탓이리라

노파가 가을비를 맞으며 백일홍 씨앗을 추수하고 있다

오늘을 수확하지 못한다면 내일리엔 영원히 도착할 수
없다는 듯이

까마귀

얼룩덜룩 도장 버짐 먹은 눈 녹은 논배미에
까마귀 떼가 날아와 앉았다
일가친척까지 대동한 대가족이다

반지르르 윤기가 흐르는
암까마귀를 따라온
덥수룩한 수까마귀도 보였다

이놈아, 눈이라도 한입 삼키고 먹어라!
꾸짖듯 어린 까마귀에게
목울대가 걸걸한 애비 까마귀가
꾸루룩거렸다

밥상머리에서 어머니는 아직도
환갑이 넘은 아들에게
물 마시고 먹어라! 하신다

눈길

눈 내린 새벽 신설 위를
누군가 걸어갔다

백척간두의 마음이
어둠을 뚫고 간 외줄기 발자국

벗이나 하렴
나란히 발자국을 찍으며 걷는다

등 뒤에서 금세 도란거리는 소리 들리더니
얼싸안고 뒹구는 눈보라

시, 신이 쓴 사랑의 편지
― 이선식의 시집 『귀를 씻다』

이승우(소설가)

하늘의 신이 빛이라 불리는 투명한 작대기로
"눈을 감아도 그리운 얼굴이 명멸하여
수백 페이지 불면의 밤은 한 권의 서책이 되었소
그대 집 앞
은하수 건너는 나무다리 난간 위에 올려놓았으니
가져가 심심한 날 펼쳐 보시오"
라고 대지 위에 끄적거려 놓았다고 한다
우린 그 연서를 꽃이라 부른다
꽃은 신(神)들의 시(詩)이다

―「신화(神話)」부분

시인에 의하면 꽃은 신들의 시이다. 이 문장은 아름답다. 신이 대지 위에 투명한 빛으로 쓴 연애편지를 사람들은 꽃이라고 부른다고 그는 알려 준다. 우리가 꽃이라고 알고 있는 것이 신들의, 사랑의, 시인데, 그것은 빛이라는 이름의 투명한 작대기로 쓴 것이란다. 이 문장은 꽃에 대한 찬가인가? 이 시인은 꽃을 신성의 위치로 떠받들고 있는가? 그는 애니미스트(animist)인가? 어쩌면, 어느 정도는 그런 것 같다. 그는 여러 시편에서 꽃에 인격과 초월성을 부여한다. 꽃은 노모에 비유되고("그 꽃밭을 보며 열여섯인 듯 스무 살인 듯 다시 환해지는 꽃/세 살 때 아비 잃고 지난해엔 지아비까지 잃고 혼자 된 허리가 휜 하얀 꽃/꽃을 보며 다시 화색이 도는 그 꽃을 나는 또 꽃 보듯 보고 있다",「꽃을 심는 이유」) 하늘이 그 자리를 지키고 있는 것은 꽃이 꽃대로 꿰고 있기 때문이다(같은 시). 그런가 하면 꽃은 자기 입으로 어떤 의미도 되지 않겠다고 선언하기도 한다(「적멸(寂滅)」). 어떤 의미도 되지 않겠다니! 내 이름을 부르지 말라는 일갈이 아닌가. 이 선언은 역설이 아닐 수 없다. 어떤 의미도 되지 않기 위해서는 모든 의미를 넘어서야 한다. 모든 의미의 저 너머에 무의미가 자리한다. 시인은 꽃을 모시러 간다고 하고(「나무와 봄비」) 서로의 간절한 눈빛이 마주칠 때 세상의 모든 꽃이 핀다고(「마중」) 한다. 시인은 강과 돌과 바람과 산을 비롯한 자연물을 자주 시적 화두로 '모셔 오'는데, 특히 하늘과 꽃을 향해 품고 있는 경외감을 감추지 못한다. 자연은 미적 감각의 대상이 아니라 경외의 대상처럼 보인다. 그의 애니미즘

적 상상력에 의해 자연은 한껏 고양된다. 꽃은 신들의 시이다. 꽃은 대지에 피어 있지만 하늘에서 투명한 작대기인 빛에 의해 태어났다. 그 기원이 땅에 있지 않고 하늘에 있다. 꽃은 신들의 시라는 문장은 아름답지만, 아름답기만 한 것은 아니다. 꽃에 깃들어 있는 신성함을 이보다 더 잘 표현하기는 아마 쉽지 않을 것이다.

꽃은 신들의 시이다, 라고 말할 때 시인이 정말로 찬양하고 있는 것은 꽃이 아니라 시이다. 그는 꽃을 신들의 시라고 말함으로써 시의 기원을 신에게로, 즉 영원의 영역으로 소급한다. 신은 시를 쓰는 분이고, 시는 신에게 속해 있다. 꽃은 최초의 시의 형태, 즉 시의 원형으로 제시된다. 플라톤을 따라 말하면 시의 이데아가 꽃인 셈이다. 감각의 세계 너머에 있는 실재이고 이 세상의 모든 사물과 경험의 근원이 이데아라면, 시의 실재와 근원이 꽃인 셈이다. 꽃은 시의 실체이고 시는 꽃의 그림자. 꽃을 모방한 것이 시다. 그러니까 사람이 쓴, 지상의 모든 시들은 최초의 시, 꽃을 향한다. 근원인 꽃을 모방하고 꽃에 가까워지려고 한다. 꽃을 추월하는 시가 있을 수 없고, 꽃을 위반해서 시를 쓸 수 없다.

일본의 문학평론가 와카마쓰 에이스케는 시무라 후쿠미라는 염직가의 염색관을 소개하고 있는데, 그에 의하면 염색은 초목이 이미 갖고 있는 색을 우리가 받는 것이다(와카마쓰 에이스케, 『말의 선물』). 색은 사람이 만드는 것이 아니라 자연으로부터 '받는' 것이라는 생각은 우리 시인의 생각과 닿아 있다. 이어지는 이선식의 「신화」에 의하면 속세의 시인은 신이 신발을 신고 가 버린 바람에 맨발로 꽃들을 밟고 절며 절며 걸어 내려와 몇 날 며칠 꽃불 난 발을 앓았는데, 그 후에 그의 걸음에서 시가 피어났다고 한다. "우리는 초목이 갖고 있는 색을 되도록 손상하지 않고 이쪽에 깃들게 하는 것이다."

그래서 다시, 꽃은 무엇인가. 이선식에 따르면, 신들의 사랑 편지가 꽃이다. '신'과 '사랑'과 '편지'가 꽃을 피우기 위해 필요하다. 신은 사랑하고 그 사랑은 편지를 쓰게 한다. 편지를 쓰게 하는 것이 사랑이다. 신과 사랑과 편지가 꽃을 이루고 있다. 이데아인 꽃을 모방하는 지상의 모든 시들은 꽃을 이루고 있는 3요소인 신과 사랑과 편지를 떠나 쓰일 수 없다는 암시가 아닐까. 적어도 우리의 시인이 그렇게 믿고 있다는 것은 의심의 여지가 없어 보인다.

1. '신이 쓴'—문장

속초 북쪽 바닷가에 문장채집을 나갔다가
뒷골목 초라한 난전에서 만난 좌판 바구니에
매혹적인 꼬리만 살짝 보이는 문장을 발견하고
노파에게 물었다

그 문장은 얼마요?

이것은 돈으로 사고파는 물건이 아니오

대답이 돌아왔다

그럼 어찌해야 얻을 수 있단 말이오?

이 영물은 자신이 숨 쉴 곳을 스스로 안다오

— 「문장채집」 부분

시의 화자는 '문장'을 채집하기 위해 속초 북쪽 바닷가로 갔다. 우리는 '문장'이 어떻게 생겼는지 모른다. "물고기도 새도 아닌 것이", "헤엄치듯 날아가듯" 사라졌다는 표현이 나오는데 그것만으로는 어떤 생물인지 추측하기 어렵다. 물고기도 새도 아니라는 건 물고기이기도 하고 새이기도 하다는 뜻으로 들리고, 헤엄치듯 날아가듯 한다는 건 헤엄도 치고 날기도 한다는 뜻으로 읽힌다. 단정하기 어렵지만 채집하러 나선 이 시의 화자도 확실히 모르기는 마찬가지인 것 같다. 확실한 것은 문장이 생명을 가지고 있고, 생명을 가지고 있지만 보기 어렵고 채집하기 어렵다는 것이다. 시의 화자는 '문장'이 어떻게 생겼는지 잘 모를 뿐 아니라 어디로 가야 채집할 수 있는지도 확실하게 모르는 것이 확실하다. 어렴풋이만 알고 있다는 암시를 받는다. 이것은 이상하지 않다. 살아 있다는 것이 힌트다. 변화무쌍, 예측불허가 살아 있는 것의 존재 방식이다. 살아 있는 것은 규정되지 않는다. 죽은 것은 한 공간을 차지하고 머문다. 아니, 한 공간을 차지하고 있는 것이 아니라 공간에게 차지당하고 있는 것이 죽은 자의 존재 방식이다. 죽은 것만이 규정된다. 살아 있는 것은 규정되지 않는다. 손에 잡혔다고 생각하는 순간 손가락 사이로 빠져나가는 것이 살아 있는 것의 존재 방식이다. 살아 있는 것은 알 수 없는 것, 신비이다. 살아 있을수록 알 수 없고, 더 살아 있을수록 더 알 수 없다.

이선식은 '시어'를 '詩魚'라고 쓴다(「신화」). "죽은 시어(詩語) 말고 살아서 펄떡펄떡 뛰는 시어(詩魚)"라고 친절하게 설명까지 붙였다. 「문장채집」에서의 '문장'이 「신화」에서는 '詩魚'로 이름을 바꿔 나온다. 문장채집의 화자가 '문장'을 찾아 여기저기 다니듯 「신화」의 시인 역시 '시어'를 찾아 여기저기 다닌다. 이 '시어'도, '문장'이 그런 것처럼 여간해서는 눈에 띄지 않는다. "매혹적인 꼬리만 살짝 보"였다가 "헤엄치듯 날아가듯" 사라져 버린다. 살아 있기 때문이다.

어떻게 해야 이 신비한 존재인 '문장'을 얻을 수 있느냐고 화자는 묻는다. "이 영물은 자신이 숨 쉴 곳을 스스로 안다"는 대답이 돌아온다. '문장'은 영물로 불린다. 영물이라는 호칭에 이미 암시되어 있거니와 문장이 자신이 숨 쉴 곳을 스스로 안다는 말을 통해 시인은 문장을 채집하는 것이 불가능하다는 사실을 분명하게 말한다. "준비되지 않은 이는 알 수도 없거니와 놓치기 일쑤지요". 화자는 문장을 채집하러 여기저기 다니지만, 문장은 채집될 수 없기 때문에, 문장 스스로 자기가 숨 쉴 곳을 정하기 때문에, 그의 시도는 성공할 수 없다. 그러면 어떻게 해야 하는가. 시인이 해야 하고 할 수 있는 일은 문장을 채집하는 것이 아니라 저 스스로 저 숨 쉴 곳을 알고 찾아오는 문장을 맞이하는 것뿐이다. 염색가 시무라 후쿠미가 '색을 받는다'는 표현을 통해 하고 있는 말과 같다. 문장이 스스로 그를 찾아오도록 준비하는 자가 시인이다. "별들의 독백을 청음할 수 있는 귀", "마음이란 연못에 살다 떠난 물고기가 그려 놓은 영선(泳線)을 보는 눈", "곤한 잠의 어둑 새벽 소리 없는 부름을 듣는 혼의 촉"이 이선식이 제시하는 준비 목록이다. 이 리스트에 있는 귀와 눈과 촉은 보이지 않고 들리지 않고 만져지지 않는 것을 감각하는 영적 기관들이다. 영적 감각기관을 갖추고 있는 이에게 이 영물(문장)은 찾아온다. 문장, 즉 시어는 채집할 수 있는 대상이 아니고 맞이할 대상이라는 이런 인식은 이선식이 공개하는 시 쓰기의 비밀이다.

세상의 슬픔들이 몰려가고 있다
라고 생각하자 기다렸다는 듯이
장대비 속에 낯선 문장이 서성인다
비는 더욱 거세게 내리고
낯선 문장의 친구들이 하나둘 모여들었다
엉망으로 젖은 흥건한 문장들

나는 문장들을 데리고 들어와 젖은 몸을 닦아 주고
따끈한 커피를 건넸다
그러자 즈들끼리 대오를 가르고 자리를 잡더니
이런 문장이 되었다

　　　　　　　　　　　　　－「비를 맞는 문장들」 부분

　여기 장대비 속에 서성이는 문장들을 맞이하는 시인이
있다. 맞이한다는 것은 찾아왔다는 뜻이 아닌가. 찾아오
지 않는 이를 맞이할 수는 없지 않은가. 문장은 찾아오고
시인은 찾아온 문장들을 맞이한다. 다른 방법은 없다. '나'
는 문장의 젖은 몸을 닦아 주고 커피를 건넨다. 그런 수고
가 맞이함의 과정이다. 오는 이를 맞이한다는 것은 수동
적이지 않고 소극적이지도 않다. 시인은 젖은 채 오는 문
장으로 시를 쓰지만 그러나 젖은 몸 그대로는 아니다. 몸
을 닦아 줘야 하고 커피를 끓여 내야 한다. 아니, 수고는
문장이 오기 전에 있었다. 문장은 왜 거기서 서성이는가,
하고 물어보아야 한다. 문장은 아무데서나 서성이지 않는
다. 누구의 눈에나 띄지도 않는다. "그나저나 그대 눈에 나
와 이 물건이 보인단 말이오?"(「문장채집」) 하고 노파는 질
문한다. 대부분의 사람들(준비 안 된, 영적 감각기관을 갖
지 못한) 눈에는 자기를 드러내지 않는 것이 문장이라는
뜻이다. 자기가 서성일 곳, 자기를 알아봐 줄 대상을 문장

137

스스로 선택한다는 뜻이다. 이 시 「비를 맞는 문장들」에서 문장들은 화자가 "세상의 슬픔들이 몰려가고 있다/라고 생각하자 기다렸다는 듯이" 나타난다. "기다렸다는 듯이"가 뜻 없이 불려 나왔을 리 없다. '문장'은 화자가 세상의 슬픔들이 몰려가고 있다고 생각하자 기다렸다는 듯이 나타났다고 한다. '문장'이 화자가 세상의 슬픔들이 몰려가고 있다고 생각하기를 기다리고 있었다고 단정하지 못할 이유가 없다. '기다렸다는 듯이'를 '기다렸다가'로 바꿔 읽지 못할 이유가 없다. 시인이 문장을 기다리는 것보다 문장이 더 "자신이 숨 쉴 곳을" 기다린다고 말하지 않을 이유가 없다. "별이 눈 깜박하는 찰나의 섬광 같은"(「문장채집」) 순간이 오자마자 문장은 놓치지 않고 장대비가 쏟아지는데도 그의 주변으로 와서 서성인다. 시인이 맞이해 주기를, 데리고 들어가 젖은 몸을 닦아 주고 따끈한 커피를 건네주기를 기다린다. 시는 그렇게 태어난다고 이선식은 말하는 것 같다. 밖에서 스스로 찾아오는 문장들을 맞이하는 것으로. 이런 생각은 아름답고 절절하다. 그러나 그 문장들을 찾아오게 한 것은 몸의 눈과 귀와 촉감으로는 볼 수 없고 들을 수 없고 만질 수 없는 영물을 보고 듣고 만질 수 있는 신적 감각이다. 이선식은 그 순간을 섬광 같은 찰나에 비유함으로써 그런 감각이 항구적 소유의 영역이 아니라 일회적 촉발의 사건임을 말하려고 한다. 그런 감각은 누군가 갖추고 있는 자질이나 능력이 아니라 어떤 순간에 섬광처럼 주어지는 선물 같은 것이다. 한번 가진 것이 늘 가지는 것의 근거가 되지 않는 이 법칙은 시인을 늘 긴장하게 한다. 언제 문장이 그에게 올지 모르기 때문이다. 이건 마치 최후의 시간에 대한 복음서의 비유를 떠올리게 하지 않는가. "그러므로 깨어 있어라. 집 주인이 언제 올는지, 저녁녘일지 한밤중일지 닭이 울 무렵일지 이른 아침녘일지 너희가 알지 못하기 때문이다."(「마가복음」 13:35) 누군가 "세상의 슬픔들이 몰려가고 있다/라고 생각하"는 순간, 돌연 문장은 자기가 숨 쉴 곳을 스스로 정한다.

> 어떤 날은 밤나무가 툭 던져 주고
> 어떤 날은 까마귀가 까치가 직박구리가
> 시(詩)를 물어 온다
> 어느 날은 깨진 항아리가 울음 울어 시 속에 수련이 피고
> 어느 날은 늙으신 어머니가
> 옛다 받아 적어라 케케묵은 골동 구럭을 푼다
> 알고 보면 나의 농사는 내가 짓는 게 아니다
> 매사 어설뱅이인 나를 불쌍히 여겨
> 주변들이 섭농(攝農)을 해 주는 것이다
>
> —「섭농」 부분

그래서 이 시인의 시는 '섭농(攝農)'이 된다. 내가 가지고 있는 것을 이용해 쓰는 것이 아니라, 염색가가 자연에서

색을 받는 것처럼 주어진 것을 받아 쓰는 것이 된다. 가지고 있는 것으로 시를 쓸 수 없다. 그래서 시인은 내가 가지고 있는 것을 부리는 자가 아니라 주어질 것을 기대하고 기다리고 준비하는 자가 된다. 이선식이 자기 농사는 자기가 짓는 게 아니라고 말할 때, 밤나무가, 까마귀와 까치와 직박구리가, 깨진 항아리가, 늙은 어머니가 던져 주고 물어다 주고 울어주고 풀어 준 것이라고, '섭농(攝農)'이라고 고백할 때, 그는 이 말을 하고 있다. 우리는 시에 대한 그의 경외와 진심과 열망 앞에서 엄숙해진다. 삶과 문학에 대해 경건해지게 하는, 이런 시인이 아직 우리 곁에 있다.

2. '사랑의'—흰죽 같은 시

시는 본래 꽃이었다, 라고 우리의 시인은 말한다. 이 꽃은 신이 쓴 사랑의 편지였다. 시인은 신이 사랑을 썼다고 알려 준다. 이 신의 사랑의 디테일을 우리는 모른다. 무엇보다 우리는 신이 사랑한 대상이 누구인지 모른다. 시인이 우리에게 알려 주지 않기 때문에 모른다. 우리가 아는 것은 신이 사랑한다는 사실이다. "그대 집 앞/은하수 건너는 나무다리 난간 위에 올려놓았으니"(「신화」)라는 구절로 미루어 보아 이 연인은 은하수 건너는 나무다리 근처에 산다. 그것 말고는 어떤 정보도 없다. "눈을 감아도 그리운 얼굴이 명멸"(같은 시)한다는 구절은 있지만, 그 얼굴이 어떻게 생겼는지는 나오지 않는다. 우리는 그 연인의 이름을 모르고, 얼굴을 모르고, 그들이 어떤 상황 가운데서 어떤 사랑을 하는지 모른다. 이 이야기를 들려준 시인이 알려 주지 않기 때문이다. 알려 주지 않은 것은 알지 않아도 되거나 알 필요가 없기 때문이 아닐까. 그는 꼭 알지 않아도 되는 문제에 주목함으로써 꼭 알아야 할 것을 놓치게 될 일을 우려한 것이 아닐까. 그가 강조하고 있는 것은 사랑의 대상이 아니라 "눈을 감아도 그리운 얼굴이 명멸하"는 사랑의 모습이다. 이름이 아니라 한 권의 서책이 된 "수백 페이지 불면의 밤"(같은 시)이다. 이것은 무엇을 뜻하는 걸까. 사랑은 사랑하는 이의 입을 통해서만 전해진다. 사랑의 괴로움은 더욱 그렇다. 사랑의 괴로움에 대한 문장은 사랑하는, 사랑하기 때문에 괴로워야 하는 이의 마음을 드러낼 뿐 그 괴로운 사랑의 대상에 대한 정보는 생략되거나 최소화된다. 혹은 숨겨진다. 사랑이 괴로운 것은 사랑하기 때문이지, 사랑하는 대상이 어떠하기 때문이 아니다.

아픈 바람이 나뭇잎을 덮고 뒤척이는 밤
창백한 달빛이 바람의 이마에 손을 얹어 봅니다
미열, 아니 신열
바위에 이마를 짓찧고 돌아온 밤
나뭇가지에 울음을 널고 몸져누웠습니다

(……)

　나는 저 신열의 뒤척임을 알 것 같습니다

-「사랑의 인사」 부분

　이선식의 시집에는 사물의 의인화를 통해 화자의 이입을 세련되게 구사하는 아름다운 문장들이 곳곳에 박혀 있다. 조탁되고 벼려진 문장들은 절제되어 단아하고 호객하지 않아 고고하다. 나는 그 까닭을 조금은 알 것 같다. 그의 시에 꽃이, 신성함이, 이 세계 너머의 차원이 참여하고 있기 때문이다. 그가 꽃을, 신성함을, 이 세계 너머의 차원이 오는 것을 맞이할 준비를 하고 기다리기 때문이다.

　「사랑의 인사」를 보자. 바위에 이마를 짓찧고 돌아온 화자가 바람인지 '나'인지 구별되지 않는다. 나뭇가지에 울음을 널고 몸져누운 화자가 바람인지 '나'인지 중요하지 않다. 시인이 우리에게 주목하기를 바라는 것은 바람과 나무와 달빛이 놓인 이 공간에 떠도는 기류이다. 바람은 지금 아프다. 바위에 이마를 짓찧었기 때문이다. 바위에, 이마를, 짓찧다니! 대체 무슨 일이 일어난 것일까. 짓찧는 것을 사랑이라고 할 수 없다. 짓찧으려고 해서 짓찧은 것이 아닐 것이다. 짓찧은 (것으로 나타난) 결과는 바람의 의도가 아니었을 것이다. 모든 시도가 항상 의도대로 나타나지는 않는다. 특히 사랑의 시도들이 그러하다. 어떤 사랑의 시도들은 그래서, 의도와는 상관없이 짓찢은 것이 된다. 상처를 입고 있던 곳으로 돌아온 바람은 나뭇가지에 울음을 널고 몸겨누웠다. 나뭇잎은 아픈 바람을 덮어 준다. 그래도 바람은 잠을 이루지 못해 뒤척이고("수백 페이지 불면의 밤"이 사랑하는 사람의 밤이다) 달빛은 바람의 이마에 창백한 손을 얹는다. 아픈 바람과 그 바람의 울음을 받아주는 나뭇가지와 그 바람의 아픈 몸을 덮어 주는 나뭇잎과 그 바람의 이마에 손을 얹어 주는 달빛이, 여기 사랑이 있다고 말한다. 짓찢어 아픈 사랑과 그 아픔을 어루만지는 사랑. 사랑은 짓찢는 것이 되어 아프고, 그러나 짓찢은 이마를 만지는 것이어서 아픔을 낫게 한다. 이선식의 시에는 사랑을 앓는 이와 앓는 이를 조용히 어루만지는 이가 같이 나온다. 사랑은 아프고, 아프지만, 혹은 아프기 때문에 이 아픔을 만지는 손길을 요청한다. 아프게 하지만 낫게 하는 것이 사랑이다. 아픈 사랑은 현실이지만, 어루만지는 사랑은 요청이다. 사랑이 개별적으로 아프기 때문에 동시에 아픈 개인을 받아 주고 덮어 주고 어루만질 것을 세계를 향해 요구한다. 이 지점에서 사랑은 감정을 넘어 윤리가 된다. 그의 윤리는 감정('아프다!')에서 비롯했기 때문에 억압적이지 않고, 개별적 경험에 닿아 있기 때문에 추상적이지 않다.

이선식의 시는 아픈 세상의 울음을 받아 주고 아픈 몸을 덮어 주고 아픈 이마에 손을 얹으려는 소박하고, 소박

하지만 실제적인, 실제적이면서 간절한 마음을 조심스럽게 드러낸다. 그는 바뀐 우산에 대해 사유하면서, "비가 새는 세상에서 모르는 사람끼리 우산을 나누고/무너지는 세상을 한 축씩 떠받치고 선 우리"(「너와 나의 우산」)의 모습을 찾아낸다. 세상은 비가 새고 무너진다. 우리는 서로 모르는 사이지만 우산을 나눠 쓰고, 그렇게 함으로써 무너지는 세상을 한 축씩 떠받친다. 수직의 우산에 대한 비유가 아니다. 나눔의 수평이 만드는 기적에 대한 이야기다. 이 다정한 시인은 우리에게 까마귀와 직박구리들이 마음껏 쉬도록 늘 자기 몸을 내주는 밤나무의 입을 빌려 충고한다. "얼룩도 똥 자국도 없는 집을 사람의 집이라 할 수 있나/온몸에 분별의 가시를 달고 살았구나!"(「까마귀공회당」) 분별은 나누고 가르고 판단하기 때문에 찌르는 가시다. 분별의 가시를 달고 얼룩도 똥 자국도 피하며 사는 것이 사람의 삶이 아니라면 사람은 어떻게 살아야 하는가.

눈 내린 새벽 신설 위를
누군가 걸어갔다

백척간두의 마음이
어둠을 뚫고 간 외줄기 발자국

벗이나 하렴

나란히 발자국을 찍으며 걷는다

　　등 뒤에서 금세 도란거리는 소리 들리더니
　　얼싸안고 뒹구는 눈보라

－「눈길」 전문

　눈 내린 새벽길에 찍힌 외줄기 발자국이 안쓰러워 벗이
나 하라고 나란히 발자국을 찍으며 걷는 것이 사람의 삶
이라고 말하는 것 같다. 아니, 눈 내린 새벽길에 찍힌 외
줄기 발자국에서 백척간두의 위태로움을 읽어 내는 마음
이 먼저다. 이 마음은 반백의 머리에서 보이지 않는 상처
가 더 깊다는 걸 읽어 내고, 웃음으로 눙치는 사람의 속에
가득한 구한과 푸른 서슬과 상처와 허기를(「흰죽 같은 말
한술」) 읽어 내는 마음이다. 겉으로 표현되지 않는 속마음
을 알아내는 이 마음은 "분별의 가시"(「까마귀공회당」)가 뽑
힌 자리에 생긴다. 찌르는 가시가 아니라 어루만지는 손이
어야 한다. 그리하여 시인은 자기의 시가 아픈, 비가 새는,
무너진, 상처투성이의, 허기진 세상을 먹이는 한술의 흰죽
같은 것이 되기를 소망한다.

　　저기 상처투성이 짐승 하나 온다

　　머리가 반백이니

145

보이지 않는 상처가 더 깊구나

노여움도 웃음으로 눙칠 줄 알 나이지만
몸은 이미 돌덩이 같은 구한이 한 짐이요
울음을 참듯 꾹꾹 눌러 재운
푸른 서슬이 한 보따리다

새된 바람만 파리한 가슴을 파고드는
허기의 저녁

뜨겁게 안아 줄 수 없다면
마른 나뭇잎처럼 오그라든 귓속으로
흰죽 같은 말이라도 한술
더 넣어 줘야 하리

— 「흰죽 같은 말 한술」 전문

3. '편지'—수신인 없는

한계령의 별빛을 너에게 보낸다
편지봉투 속에서 달그락거리는 별빛들
손바닥에 쏟아 알약처럼
한입에 털어 넣어 보렴

네 안에서 달그락달그락 살아갈 나는
혼자서도 외롭지 않겠지

오후에는 굵은 비가 내렸다
사람들은 비를 맞으며 천천히 걸었다
더 많은 슬픔으로 젖어 있으므로
젖은 만큼 슬픔은 더욱 선명해지고
풀벌레가, 주머니 속 별빛처럼
달그락달그락 울자
별빛이, 누군가 엎지른 추억처럼
쏟아지는 밤이 또 왔다

　　　　　　　　　　　　 −「별빛편지」 전문

　시는 본래 꽃이었다, 라고 시인은 말한다. 이 꽃은 신이
쓴 사랑의 편지였다. 신은 이 편지를 빛을 사용해서 대지
위에 적었다. 편지가 수신인에게 전해졌다는 언급은 없다.
당연하다. 이 신화에는 편지의 수신인이 나와 있지 않으니
까. 우리는 이 간절한 편지가 누구에게 쓰인 것인지 파악
하지 못했다. 수신인이 누구인지 나오지 않을 뿐만 아니라
이 편지가 수신인에게 전달되었다는 언질도 나오지 않는
다. 생각해 보면 이것은 그렇게 이상하지 않다. 사랑을 잃
는 신은 불면의 밤들을 모아 쓴 수백 페이지짜리 서책을
연인에게 직접 전해 주지 못하고 연인의 집 앞 나무다리

난간에 올려놓았다고 하지 않는가. 편지라고 연인에게 직접 전달할 수 있겠는가. 한 명의 분명한 수신인을 전제로 쓰이는 글임에도 불구하고 대개의 연애편지들은 수신인에게 전달되는 데 실패한다. 많은 연애편지들은 쓰이기만 하고 부쳐지지 않는다. 부치려고 쓰는 것이 편지지만, 연애편지는 다르다. 많은 연애편지들은 부친다는 확신도 보장도 없이 쓰인다. 그래서 어떤 연애편지는 쓴 사람만 읽는다. 쓴 사람이 유일한 독자인 글을 편지라고 할 수 없다. 그런 점에서 어떤 연애편지는 일기와 다를 것이 없다.

보내진다는 확신도 없이, 일기나 다름없는 편지를 쓰는 자는 누구인가. 사랑을 앓고 있는 사람이다. 사랑을 앓게 한 사람과의 물리적 심리적 거리가 사랑을 앓고 있는 사람에게 편지를 쓰게 한다. 연인이 물리적으로든 심리적으로든 미치지 못하는 곳에 있을 때 마음속에 그리움이 회오리치고, 그 그리움은 멀쩡한 사람을 외로움에 떨게 만든다. 외로움은 그리움과 떨어뜨려 놓고 생각할 수 없다. 이선식의 시에서 자주 발견되는 정서가 외로움이다. 외로움은 그리움에서 비롯한 것이면서 그리움을 증폭시키는 역할을 한다. 누군가를 그리워하는 사람은 외롭고, 외로운 사람은 누군가를 그리워한다. 시의 화자는 날리는 눈발을 보고 "당신 생각이 저렇게 두서없이 흩날려도 되는 것일까" 하고 한탄하고(「가난」), 비를 맞고 있는 마당의 빈 의자를 보고 "내게 왔다 돌아선 발길들은/어디서 이 비를 긋고 있나?" 하고(「빈 의자」) 묻는다. 비의 발자국들이 가득한 마당에서 "없는 네가 가득한 빈집"(같은 시)을 보게 하는 것도 이 그리움과 외로움이다.

이 시집의 화자는 봄이 말라 죽은 고목인 줄 알고 눈길 한번 주지 않고 에돌아갈 정도로 나이가 들었고(「슬픔이 찰랑찰랑」), "바람도 물어물어 찾아와 산국이며 마타리 구절초 능속, 늘꽃 곁에서 사나흘 쉬어 간다는 산골에"(「귀를 씻다」) 산다. 「백 년 만에 내리는 눈」에서는 첩첩산중 홀로 사는 시인이고, 「가난」에서는 산간벽지에 산다. 물과 산과 하늘과 구름과 바람과 까마귀와 나무들이 이 시집이라는 자연 속에 조화롭게 모여 산다. 그리고 자연의 일부인 양 꽃으로 비유된 노모가 자주 등장한다.

이선식은 자연의 생리를 언어로 번역하는 데 감탄할 만한 탁월함을 보여 준다. 고향인 양구로 돌아간 이후 그의 시는 한층 깊어졌다. 시집 전반에서 느껴지는 초탈의 경지는 자연에 귀의한 정신의 맑음을 증명하지만, 때로는 떠나온 도시에 대한 그리움도 숨기지 못한다. 그럴 때 독자인 나는 시인의 선하고 쓸쓸한 미소가 떠올라 가슴 한쪽이 출렁이는 경험을 한다. 가령 그가 "낚시에 걸린 물고기처럼 서울로 딸려 갈 때 묻은 영혼을 치대고 헹구며 물빨래하는 분주한 달빛"(「월명리」)에 대해 말할 때, 세속 독자인 나의 눈길은 무엇 때문인지 치대고 헹구고 물빨래하는 분주한 달빛보다 낚시에 걸린 물고기 같은 때 묻은 영혼에 더 오래 머문다. 나는 자주 시인과 시의 화자를 혼동한다. 그것은 내 탓이 아니다. 시인이 화자 뒤로 완전히 잘 숨지 않았기 때문인데, 나는 그것이 실수가 아니라 고의라고 생각한다. 외로움은 감추고 싶은 감정이지만 동시에 표 나지 않게 드러나기를 바라는 감정이기도 하다. 그런 면에서라면 그는 성공했다. 지금 그는 "모래 둔치에 홀로 선 가막사리처럼 외"롭다(「춘천」). 우리는 그것을 알아본다. 눈길 한 번 주지 않고 먼 길 에돌아가는 봄이 야속하다. "봄아, 이 빌어먹을 년아"(「슬픔이 찰랑찰랑」). 첩첩산중 홀로 사는 시인을 찾아 '그녀'가 오기를 기다리고, "눈도 눈도 그런 본 적도 없는 눈이 내리고/세상과 통하는 길이 다 끊어졌으면 좋겠다"(「백 년 만에 내리는 눈」)고 바란다. 그리하여 "먹는 일도 잊어버리고/이불 속에서 서로의 살이나 파먹으며/몇 날 며칠/벌레처럼 꿈틀꿈틀 파고들어/생애 이전으로 돌아갔으면 좋겠다"(같은 시)는 것이 그가 꾸는 파격적인 꿈이다. 세속을 떠나 인간을 넘어서고 깨달음을 득한 구도자의 내면에서 꿈틀하고 일어서는 저 지독한 외로움 덩어리인 인간을 보는 것 같아 반갑다. 도시에 대한 시인의 그리움이 실은 사람에 대한 것인 줄 알겠다.

당신 생각이 저렇게 두서없이 흩날려도 되는 것일까?

속절없이 또 눈발은 날리고

(······)

가난이 어찌 배고픔뿐이랴

나는 먼데 사람이 궁금해 손바닥으로 눈을 받아 눈점[卜]
을 쳐 본다

손바닥에서 녹은 눈이 방울지면 그도 나를 생각하는 거
라는 속설

가진 거라곤 적막뿐인 집에 산까마귀들이 내려와 왼종일
부산을 떨다 갔다

이내 뱀처럼 긴 밤이 와서 차갑게 식은 나를 삼키고 오래
오래 뒤척일 것이다

—「가난」 부분

배고픔만 가난이 아니다. 외로움 때문에 눈점을 치는 이
시인은 편지를 쓰지 않을 수 없는 사람이 되어 있다. 이
편지의 수신인은 밝혀지지 않을 것이다. 최초의 시인인 신
이 연인인 수신인을 밝히지 못해 지상에 투명한 작대기인
빛으로 끄적거려 놓은 것처럼, 지상의 시인인 이선식도 물

과 구름과 달빛과 하늘과 바람과 까마귀와 나무와, 그리고 꽃인 노모의 마음에다 별빛으로 시를 쓸 것이다. 어떤 일기는 편지와 구별되지 않고, 어떤 편지는 일기와 구별되지 않는다. 수신인이 자신인 편지가 일기 아닌가. 수신인을 정하고 쓰는 일기가 편지 아닌가. "별빛이, 누군가 엎지른 추억처럼/쏟아지는 밤이 또"(「별빛편지」) 온다. 어떤 시는 편지/일기와 구별되지 않는다. 이 편지/일기의 수신인이 당신이면 안 될 무슨 이유가 있단 말인가.

시인수첩 시인선 041

귀를 씻다

ⓒ 이선식, 2020

초판 1쇄 인쇄 2020년 12월 4일
초판 1쇄 발행 2020년 12월 15일

지은이 | 이선식
발행인 | 강봉자·김은경

펴낸곳 | (주)문학수첩
주 소 | 경기도 파주시 회동길 503-1(문발동 633-4) 출판문화단지
전 화 | 031-955-9088(대표번호), 9532(편집부)
팩 스 | 031-955-9066
등 록 | 1991년 11월 27일 제16-482호

홈페이지 | www.moonhak.co.kr
블로그 | blog.naver.com/moonhak91
이메일 | moonhak@moonhak.co.kr

ISBN 978-89-8392-843-6 03810

「이 도서의 국립중앙도서관 출판예정도서목록(CIP)은 서지정보유통지원시스템
홈페이지(http://seoji.nl.go.kr)와 국가자료공동목록시스템(http://www.nl.go.kr/
kolisnet)에서 이용하실 수 있습니다.(CIP제어번호: CIP2020050683)」

이 책은 강원도, 강원문화재단 후원으로 발간되었음.

* 파본은 구매처에서 바꾸어 드립니다.

시인수첩 시인선